Aus einer neuen Welt

Michael April

Eine Komposition

in fünf Bildern

In diesen Tagen

Blanca

Es hat sich ergeben. Ich habe nicht danach gesucht, sie war einfach da, weich und warm. Weich und warm, wie ich es nicht kannte, im Weichen und Warmen eine Vollkommenheit, eine Erscheinung, die mich überwältigte. Bedingungslos war diese Einladung, sich ihr zu entziehen, nicht vorstellbar. Die makellos weiße Haut, die mir vielleicht nur deshalb weiß erschien, weil sie lupenrein war, rein und ungetrübt wie ein Land aus weißem Schnee und ohne Horizont. Blanca ist ihr Name. Es ist ihr glattes weiches Fleisch, nirgends Dürre, nirgends Knochen, keine Kanten, keine Ecken, nur weich und warm und leuchtend und einladend, und ich verstehe, dorthin in dieses Land gehe ich, werde ich gehen, obwohl morgen die Hochzeit mit der Frau ansteht, die ich kenne, die mir vertraut ist, die ich, davon bin ich überzeugt, liebe, die aber ein Schatten ist, da ich den glatten weichen Körper sehe, von dem mich nichts mehr abbringt, mich nichts mehr aufhält, in dieses weiche warme Land zu gehen, in dem ich, davon bin ich überzeugt, aufblühe, in dem ich mich vervielfältige, die Kontur, die mich begrenzt, meine Prägung überwinde, und ein anderer werde, einer, der ich noch nie gewesen bin, ohne jedwede Bestimmung, ohne jedwede Kontur, nur summe, ein einziges Summen bin, in dem ich blühe, in einer alles auflösenden Beglückung.

Im Park

Sie streichelten mich, sie umgaben mich, und ich war in
ihrer Mitte, ringsum waren sie, so dicht, dass ich mich
nicht bewegen konnte, auf meinem Körper, überall spürte
ich ihre Hände, warme Hände, nahm ich wahr, sie
streichelten mich unentwegt. Ich lag auf dieser Bank, an
der ich vorbei gegangen war, jeden Tag, wenn ich im
Park spazieren ging. Gerne verweilte ich in den Anlagen,
unter einem Baum, vor einem Beet mit Blumen, gern
setzte ich mich auf eine Bank. Ich hatte eine
Lieblingsbank, es gab auch andere, die ich mochte, auf
denen ich gerne saß, wenn meine Lieblingsbank besetzt
war. Aber an dieser Bank, auf der ich jetzt lag, war ich
immer nur vorbei gegangen. Sie war in meinen Augen
auch gar keine Bank, sie war nur eine Fläche, sie war eine
Fläche, auf der man freilich auch sitzen konnte, wenn
man auf eine Lehne verzichtete, keinen Wert auf sie legte.
Jedes Mal, wenn ich daran vorbei kam, dachte ich,
eigentlich handelt es sich um ein Ehebett, das hierher in
den Park versetzt wurde, freilich ohne Kissen, nur das

harte Lattenrost, dem weder ein Fuß- noch ein Kopfende angehört, aber ansonsten wie ein Ehebett. Meist saßen sie darauf, was sie eben unter Sitzen verstanden. Es war eher ein Rekeln mit ausgestreckten Beinen, angewinkelten, den Kopf stützenden Armen, mit einer Hand unter dem Kopf. Es waren so viele Körper auf dieser kleinen Fläche, die eigentlich ja viel größer war als die einer herkömmlichen Bank, dass für die Hunde darauf kein Platz mehr war. Sie alle hatten Hunde, die ganz friedlich dalagen, die nur ganz selten übereinander herfielen, als wollten sie sich zerfleischen. Ich hatte es nicht selber gesehen, nur es sah so aus, wenn ich vorüber ging und mein Blick die hechelnden Mäuler streifte. Einmal hatte ich es aber gehört, ein furchtbares Kläffen, ein schreckliches Geschrei. Vor Schreck, vor Entsetzen war ich stehen geblieben, ich vernahm wildes Jaulen und wüste Schreie. Sie kamen aus der Richtung, ich konnte nichts sehen, ich war zu weit entfernt, und Gewächse verdeckten den Blick auf die Bank, die ich für ein entkerntes Ehebett hielt. Als das Entsetzen, in dem ich erstarrte, nachließ, verließ ich den Park, in dem alles erstorben war, so schnell meine Füße mich trugen.

Ich weiß nicht, wie ich auf die Bank gekommen bin, wo ich jetzt liege und wo sie mich streicheln. Obwohl ich doch immer vorsichtig war. Ich kann es nicht erklären. Vielleicht hat es sie gestört, dass ich an der Bank vorbei gegangen bin, dass ich die Bank, die ihre Lieblingsbank war, nicht geachtet habe, nur immer an ihr vorbei gegangen bin, dass ich auch an ihnen vorbei gegangen bin, immer mit einem schlechten Gefühl, einer Furcht, nicht aufzufallen, ihnen keinen Anlass zu geben, meine Augen immer zur Seite gerichtet, immer auf der Hut vor einem Blickkontakt. Vielleicht hat es sie gestört, dass ich jeden Tag durch den Park gegangen bin, immer nachdem ich in meiner Stube eine Tasse Kaffee getrunken und ein Stück Kuchen gegessen hatte. Pünktlich um 16.30 Uhr war ich da. Ich fand es gut, eine bestimmte Zeit zu haben, mich an eine Zeit zu halten, und die vertraute Runde zu gehen.

Ich lag auf dem Rücken, und auf meinem Körper waren Hände, überall Hände, die mich streichelten, ich spürte darüber hinaus nichts, von meinem Körper spürte ich nichts, ich wusste nicht, was mit ihm war. Ich konnte mich nicht bewegen, ich konnte die Hände, die mich streichelten, nicht zurückweisen, sie, ich will gar nicht mal sagen abwehren, sie nur sanft beiseiteschieben, dass ich mich lösen kann, ablösen kann von der Bank, auf der ich auf dem Rücken liege, aufstehen und weiter gehen kann, einfach die vertraute Runde durch den Park gehen kann, wie ich sie jeden Tag gehe. Dabei kann ich noch nicht einmal sagen, dass ich mich nicht bewegen kann, dass mich etwas festhält, wie es ein Schreck mir eingab, mich etwas gefangen hält. Es gibt keinen Zwang, ich spüre nirgends einen Druck auf meinen Körper, eine Art oder Form von Fessel, ich spüre nur die Hände, die mich streicheln. Alles würde ich daran setzen, mich der streichelnden Hände zu entziehen, aber ich weiß nichts von meinem Körper, ob er sich überhaupt schlecht fühlt, ob er überhaupt hört, versteht, was ich von ihm will, ob er überhaupt willens ist, sich zu bewegen, ob er überhaupt eine Notwendigkeit sieht, sich aufzurichten, er schon längst Freundschaft mit den streichelnden Händen geschlossen hat. Ich schreie, ich schreie, so laut ich kann. Auch wenn ich meinen Kopf nicht bewegen kann, meine Augen kann ich noch bewegen, ich kann sie von den Gesichtern, die über mir sind, die alle lächeln, die mir freundlich gesinnt sind, ich kann meine Augen von diesen Gesichtern, die, wenn sie nicht wären, mich den Himmel sehen ließen, ich kann meine Augen abwenden. Ich sehe die Menschen im Park. Sie gehen vorüber, sie gehen spazieren, genauso wie ich jeden Tag spazieren gegangen bin, bis etwas geschehen ist, was ich nicht verstehe, ich schreie, ich schreie mit meiner ganzen Seele, die Schreie müssten die Bank, auf der ich liege erschüttern, sie müssten bis ins Mark erschüttern, sie müssten jedes Herz zerreißen, aber diese Kraft haben meine Schreie nicht, ich gebe alles, doch mein Schrei lässt nichts erzittern, nichts beben, er ist gerade so, dass er bis hin zu den Menschen reicht, die im Park eine Runde gehen, sie ihn hören, doch weil es ein verhaltener Schrei ist, achten sie nicht auf ihn, gehen sie weiter, sie schielen nur kurz herüber.

Sie waren in meiner Stube. Ich wusste nicht, wie es dazu gekommen war, wie ich von der Bank, auf der sie mich umringt hatten, in die Stube gekommen waren, wo sie mich wieder umringten. Ich lag auf dem Rücken, wie im Park, unverändert. Nur wusste ich nicht mehr, worauf ich lag. In der Mitte der Stube hatte immer ein Tisch gestanden, doch nun lag ich an dieser Stelle und wusste nicht, worauf ich lag. Hatten sie die Bank aus dem Park hierher, in meine Stube gebracht, lag ich, weil der Transport der Parkbank aufwändig war, auf einem Bettgestell, das sich unkompliziert dem Speermüll entwinden ließ, oder lag ich auf dem Tisch, nachdem sie die Beine, was ganz einfach zu bewerkstelligen war, abgesägt hatten, damit ich tief liege, sie sich einfacher über mich beugen können. Ich wusste nicht, wie es dazu gekommen war. Vielleicht hatten sie gehört, dass ich jeden Nachmittag in meiner Stube sitze, vielleicht hatten sie gehört, dass ich an einem runden Tisch sitze, vielleicht hatten sie auch gehört, dass ich an diesem Tisch allein Kuchen esse, vielleicht hatten sie gehört, dass ich mich erinnere, wie meine Großeltern zu mir waren.

Ich versuchte es wieder mit Schreien, obwohl das in meiner Stube aussichtslos war. Im Park hatte noch die Möglichkeit bestanden, hatte ich noch hoffen können, dass Passanten mich hören, auf die Lage aufmerksam werden, in der ich mich befand. Sie, die sich über mich beugten, lächelten. Sie wollten mich besänftigen, mich beruhigen, mich überzeugen, dass es nicht schlimm sei. Nirgends deuteten sie an, dass sie Hunde hielten. Vermutlich war es der Anführer, der sich tiefer über mich beugte. Ich sah in die große Fläche seines Lächelns, eine gesunde, wohlgenährte Haut im Gesicht. Ich konnte sie sehen, die Sympathie, die er mir entgegen brachte, ich hätte sie greifen können, wenn ich mich hätte bewegen können, in der ich nichts las von einer Bedrohung, die ich zu Unrecht spürte, die völlig unbegründet war, da ich doch, selbst beim aufmerksamen Schauen, nur Sympathie, nichts als reine, reinste Sympathie wahrnahm.

Er beugte sich über mich, so tief, dass ich seinen Haarschnitt deutlich vor Augen hatte, den rasierten Kopf mit einem Streifen Haar in der Mitte, der sich von der Stirn über die Wölbung des Kopfes bis in den Nacken zog, aufragendes, himmelstürmendes Haar, undurchdringlich, dicht und fest in einer Bürste. In den Farben erkannte ich mehr als Farbe. Es waren Leucht-, Signalfarben, ein sehenswertes Grün, ein sehenswertes Rot, ein sehenswertes Blau, ein sehenswertes Gelb. Es waren, diese Entdeckung machte ich, die Farben, die auch die Flaschen hatten, die sie in meiner Stube einander reichten, einheitliche Trinkflaschen mit echtem, unverfälschtem Fruchtsaft. Ich schrie nicht mehr, ich hörte auf damit. Vielleicht war es sinnvoller, ein Zutrauen zu entwickeln zu der großen Sympathie, die mir entgegen gebracht wurde, es wenigstens versuchen, mich zu überwinden, mich wenigstens anstrengen, nicht so viel an meinen Körper zu denken, von dem ich nicht wusste, wie es ihm ging, von dem ich nur wusste, dass ich ihn nicht mehr bewegen konnte, versuchen, mir nicht so viele Gedanken darüber zu machen, was aus dem runden Tisch geworden ist, den ich jeden Nachmittag deckte mit einer Tasse und zwei Tellern, die mich daran erinnerten, wie es war, als ich den Tag mit meinen Eltern verbrachte. Vielleicht war es besser, mir keine Gedanken über die Menschen zu machen, die jetzt meine Stube füllten, nur lächelten und einander Trinkflaschen reichten mit echtem, unverfälschtem Fruchtsaft.

Ich wollte es mit Worten versuchen, mit einem Gespräch. Ich wollte mich auf die Sympathie einlassen, und in dieser Atmosphäre das Gespräch führen. Von mir erzählen, von meinen Spaziergängen im Park, was sie mir bedeuteten, sie zu meinem Leben gehörten, es ein Stück weit ausmachten. Dass ich mich auf sie freute, bereits am runden Tisch, wenn ich aus der Tasse, die alt war, Kaffee trank, von dem Teller, der ebenfalls alt war, ein Stück Kuchen aß, dass bereits in jenen Minuten am Tisch eine Freude auf den Spaziergang im Park aufkam. „Ich möchte das nicht." Ich versuchte, es nicht aufdringlich zu formulieren, keinen zu erschrecken, es sollte überhaupt nicht aggressiv klingen, und die Menschen in meiner Stube, die einander Trinkflaschen mit echtem, unverfälschtem Fruchtsaft reichten, sollten sich nicht bedrängt, gestört fühlen. Er, der Anführer, wurde auch gar nicht böse, er neigte nur den Kopf noch etwas tiefer, führte die aufragende Bürste, die ein Spektrum sehenswerter Farben repräsentierte, noch dichter an mein Auge heran. „Ich will aber keinen Irokesenschnitt." Das klang, wie ich gleich erkannte, ein wenig aufmüpfig. Ich hätte es gefälliger, mich gefälliger ausdrücken sollen: „Ich möchte lieber keinen Irokesenschnitt." Ich hatte mir doch vorgenommen, so vorsichtig wie irgend möglich zu sein, ich wünschte doch, er würde verstehen, ich hatte, ich wollte an seinem Haarschnitt nichts aussetzen, ich wollte bedeuten, dass ich ihn doch gut fand, dass dieser Schnitt wirklich sehenswert war. Das alles wollte ich ihm doch sagen und versichern.

Er lächelte mich an, er hätte, wenn es möglich gewesen wäre, sein himmelstürmendes Haar noch näher an mein Auge herangeführt. Ich lag auf dem Rücken, ich konnte meinen Körper nicht bewegen, ohne über den Grund etwas zu wissen, während die Menschen in meiner Stube ungezwungen, fast zügellos waren, einander zuprosteten, sich gegenseitig die Trinkflaschen mit dem echten, unverfälschten Fruchtsaft reichten. Ich konnte auch meine Augen nicht mehr bewegen, ich sah nur noch ein Spektrum sehenswerter Farben, seit ich ein Knurren an meinem Ohr gehört hatte. Natürlich hatten sie ihre Hunde mitgebracht, sie lagen, wie es wahrscheinlich war, ganz still auf dem Teppich, der sehr alt und sehr weich war. Aber einer mochte sich aufgerichtet haben. Er wird es gewesen sein, der dicht an meinem Ohr knurrte. Freilich ging die Fantasie mit mir durch. Ich sah gleich einen Bluthund, dem der Speichel von den Lefzen tropfte und der furchtbare Zähne zeigte. Ich lag auf dem Rücken, an jeder Stelle meines Körpers streichelten mich Hände. Ich sah ein, es war aussichtslos, mich bewegen, aussichtslos mich verständlich machen zu wollen. Mir blieb die

Einsicht, ich konnte mich nicht bewegen, ich konnte nicht reden, die Fähigkeit gab es nicht mehr, nur hören konnte ich noch das Knurren an meinem Ohr und überlegen, ob ich übertreibe, ob es wirklich so schlimm wäre, wenn ich einen Irokesenschnitt trüge.

Der Bruder

Was ich über ihn weiß. Es war beim großen Fest. Glänzende, einander überbietende Reden wurden gehalten, lückenlos traten die Redner ans Pult und sprachen. Es war ein wunderschöner Fluss, treffend gewählte ausgesuchte, aller Wohlgefallen findende Worte. Es herrschte reine Festtagsstimmung, als er ans Pult der Redner trat. Sofort war klar, dass er aus dem Rahmen fiel, allein optisch, das lange, so viel das Publikum ersah, auch ungepflegte Haar, dessen verklebte Strähnen erst auf den Schultern ein Ende nahmen, das Hemd, nun ja, auf einer Baustelle, selbst in einem Biergarten wäre es nicht ins Auge gesprungen, doch hier im mit Girlanden geschmückten Saal am Rednerpult befremdete es sehr. Er setzte ein, wenn die Haare und das Hemd nicht gewesen wären, wie alle anderen Redner, doch er begann Pausen zu machen. Er zog die Jahresberichte heran, vertiefte sich in das Freudlose ihrer Spalten, nannte die Zahlen, die dort achtlos weilten, griff sie auf, und stellte eine eigenwillige, ganz persönliche

Schlussfolgerung auf, dass sich die Sonne nicht um die Erde bewegt. Dass sich, so interpretierte er die Zahlen, die Erde um die Sonne drehte, in all den Jahren, für die er die Zahlen gesehen hatte. In den Phasen oder Abschnitten seiner Rede, in denen er die Bewegung der Erde beschrieb, nahm seine Stimme einen Ton an, der eigentümlich war, der so empfand ich es, in einem Bereich, von dem ich nichts wusste oder den ich vergessen hatte, ein Gefühl auslöste, etwas regte, bewegte sich in diesem Bereich. Diesen Ton hatte ich nicht erwartet. Selbst wenn ich ihn gekannt hätte, ich hätte ihm den Ton nicht zugetraut. Ich war erleichtert. Ich bedauerte es sehr, dass er nur für kurze Zeit so sprach, nicht länger so sprach, sondern Pausen einlegte, die den Ton, den offenbar nur er anzuschlagen verstand, verdarben. Er war schon blind.

Ich glaube, er hat das Luftholen bewusst in die Länge gezogen insgeheim mit einer kalkulierten Absicht. Er hat sich bei diesen Pausen, die er, wie er meinte, als geistreiche Mitdenkpausen ausgeben zu können, einfach nur verstellt. Er wollte allein seinem Hass einen Platz geben, den Saal und alle, die ans Rednerpult traten, demütigen, ihnen ein groteskes Verhalten aufzwingen, weil er sie lächerlich sehen, als dressierte Affen zeigen wollte. Sein Hass war grenzenlos, dass er in seinem Hass auch seinen eigenen Ton zerstörte.

Die Direktorin ging mit seiner Lehrerin hart ins Gericht. Sie verlangte Rechenschaft, warum sie ihn hatte sprechen lassen, ihn als Redner durchgesetzt hatte, sein Mutwille war doch bekannt, dass er von seiner Unart nicht lassen würde, dass ihn etwas trieb, was viele, wenn nicht alle als bösen Willen bezeichneten, dass er voller Hass war, dass er mit Absicht hässliche Pausen einlegte, die verstörten, mutwillig ein Stocken und Stottern herbeiführte, das ätzend war, den Ton der Rede zerstörte, er offen opponierte, mit allem einen Bruch vollzog.

Was ich zuletzt von ihm hörte, war, dass er eines Morgens ganz still, zufrieden und entspannt vor dem Gasherd gesessen hatte, die Backröhre stand offen, beide Arme lagen über den Knöpfen des Herds, er blickte in die Röhre, in der es nichts zu sehen gab, die leer und dunkel war. Er hatte die Sicherungen aus dem Schaltkasten gedreht, er wollte nicht, dass die Frau und das Kind Schaden nehmen.

Sie hatten viel mit ihm gesprochen, sie hatten das Gespräch mit ihm gesucht. Bis zuletzt hatte er Reden gehalten, dass sich die Sonne nicht um die Erde dreht. Sie hatten ihm viel über seine Frau erzählt, wo sie spazieren ging, wenn er an den Maschinen saß, sie haben mit ihm auch über das Kind gesprochen, ihm viel von dessen Zukunft erzählt.

Wer ihn sah, wie er dort hockte am Gasherd, ahnte nichts von seiner Größe, er wirkte eingefallen, in sich gekehrt, nur an der Röhre interessiert, in der es nichts zu sehen gab, die leer und dunkel war. Sein Bild enthielt nichts von der Gestalt, von den Proportionen, die ihm einst die Natur verliehen hatte, die, hätte man sie sehen können, eine Zierde gewesen wären.

Die noch erkennbar starken Arme waren grindig, waren übersät von Wunden, sie hatten ihn in giftigen Dämpfen an immer heißeren Maschinen arbeiten lassen.

Dr. Schulz

Der Schmerz im rechten Knie war unverkennbar, beim
Joggen war der Meniskus gerissen, eventuell aber nur
angerissen. Dr. Schulz äußerte sich zurückhaltend. Er
habe sich auch am Meniskus operieren lassen. Zweimal.
Einmal sei es sehr gut gewesen, das andere Mal habe es
nichts gebracht, es sei eher schlechter geworden.
Dr.Schulz erweckte den Eindruck, als rate er mir ab von
einer Operation. Warum diesen Eingriff wagen, wenn
nicht klar war, was er überhaupt bringt. Doch dann zu
meiner großen Überraschung erklärte er, ich sei eben ein
Grübler, eben ein nachdenklicher Mensch, der nicht
davon loskomme, an die Möglichkeiten einer Operation
zu denken, der sich am Ende ja doch operieren lasse.
Dr.Schulz ging noch weiter. Er gab sich überzeugt, ich
würde gar gegen seinen Rat einwilligen in eine Operation.
Er zog ein Schubfach auf und entnahm ihm ein Faltblatt.
Professor Braun sei eine, sei die Kapazität gewesen. Alle
Spitzensportler habe er unter seinen Fittichen gehabt, der
gesamte Olympia-Kader der DDR sei bei ihm gewesen,

sobald es ein Problem mit dem Knie gegeben habe. Er selbst, ein Behagen setzte in mir ein, sobald Dr. Schulz ins Plaudern kam, denn ich konnte sicher sein, dass es immer eine schöne Geschichte war, die er zu erzählen hatte, also, er selbst habe bei ihm gelernt, habe als junger Spund bei ihm assistiert, sei mit ihm durch die Klinik gezogen. Er beschrieb die Visite, die er in seinem Gefolge erlebte. Er, der Professor, sei sehr bescheiden gewesen, habe einen ganz gewöhnlichen Kittel getragen, so wie ein Krankenpfleger. Kein Titel, nur Braun habe auf dem Kittel gestanden. Nach der Wende wurde ihm allerdings übel mitgespielt, berichtete Dr.Schulz. Er habe dann die Tagesklinik Rosengarten aufgebaut. Er selbst operiere heute nicht mehr, aber seine Assistenten, die bei ihm in die Lehre gegangen sind. Er nannte die Namen mehrerer Operateure. Die Hochachtung, die er ihnen entgegenbrachte, erreichte fast die, die er für Professor Braun hegte. Dr. Schulz brach die Aufzählung jedoch ab, meinte nur, auch die anderen, die er namentlich nun nicht mehr aufzählen wollte, seien gut, stünden Professor Braun kaum nach. Dass sie gut seien, treffe auf alle zu, die im Rosengarten operierten. Ich war beeindruckt. Deren Gründer hatte wahrscheinlich sehr vielen Sportlern zu großartigen Erfolgen verholfen. Und die Tagesklinik, deren Flyer Dr. Schulz mir über den Tisch zugeschoben hatte, war die Stätte, wo seine Fähigkeiten und sein Können weitergegeben wurden und eben fortlebten.

Dr. Giese, ihn hatte Dr. Schulz nicht namentlich aufgeführt, genügte ein Blick zur Aufnahme hin. Es waren sogar mehrere Aufnahmen, die beim MRT entstanden waren, und die ich auf einer CD mitgebracht hatte. „Ja, das kann man operieren. Am Montag haben wir einen Termin." Weil ich unsicher war, ob ich richtig gehört hatte, wohl auch, weil ich mir überrumpelt vorkam, stellte ich äußerst spontan die Frage „Schon am nächsten Montag?". Der Eindruck, den ich dabei machte, musste etwas Zwiespältiges enthalten haben, eine Mischung aus Überraschung und Zweifel. Dr. Giese schenkte nun auch mir einen Blick. Es war dieser Blick, den ich schon kannte, mit dem er die Aufnahme, die ich mitgebracht hatte, betrachtet hatte. Ich war mir nicht schlüssig, was darin, in diesem Blick lag, was darin nebenher, also abgesehen vom Blick des Spezialisten, lag. Ob Gleichgültigkeit überwog oder eher Langeweile? „Das ist Ihre Entscheidung. Wie Sie wollen." Ich gebe zu, ich war erschrocken. Ich erkannte die Gefahr, ich witterte, wie akut sie war, der beste greifbare Operateur, der Schüler von Professor Braun, der zum Meister gereift war, könnte im nächsten Moment meine Akte schließen, meinen Fall als erledigt klassifizieren und mich zur Tür hinaus winken. Die Art, in der ich mich beeilte, jeden Zweifel an meiner Entschlossenheit aus der Welt zu räumen, hatte den Charakter einer Rettungsaktion. „Ich will die Operation." Fest und nachdrücklich sprach ich, ohne, und das war entscheidend, ohne es noch einmal zu bedenken. Ich rang ihm, ich empfand es so, jedoch einen Aufschub ab. Nicht nächsten Montag, sondern erst am Montag in drei Wochen sollte die Operation stattfinden. Ich war beruhigt, beinahe glücklich über die mir verbleibende Zeit. Die Operation war eine beschlossene Sache, doch ich konnte ihr mit Abstand entgegensehen.

Meinem Erfolgsgefühl war jedoch kein langes Leben beschieden, es hielt nur bis in den Moment, in dem Dr.Giese hinter der Tür verblieb und ich auf den Flur mit den vielen Stühlen, die alle leer waren, trat. Natürlich war ich davon ausgegangen, dass es kein langes Gespräch sein würde. Aber fünf Minuten hatte ich mir schon erhofft. Erwartet hatte ich eine fachliche Einschätzung, sozusagen ein ärztliches Urteil, eine Erklärung und Aufklärung über den Zustand in meinem rechten Knie, über mögliche Einschränkungen der Beweglichkeit, vielleicht auch ein Wort über die Aussichten, was an Beschwerden, Veränderungen zum Schlechten hin zu befürchten ist, eben eine plausible Begründung für die Notwendigkeit eines Eingriffs, der, so viel ich wusste, mir für längere Zeit nicht gestatten würde, meinen mir am Herzen liegenden sportlichen Aktivitäten nachzugehen. Ein realistisches Bild von der Krankheit oder auch Gesundheit in meinem Knie.

Mir war es nicht gelungen, jedes Detail der Wegbeschreibung, für die Dr. Giese große Umsicht und viel Zeit angesichts meines kurzen Aufenthalts in seinem Zimmer aufgebracht hatte, zu erfassen. Daher war ich erleichtert, als ich ohne Umweg erst zur Apotheke und dann ins Sanitätshaus fand. Beide Einrichtungen lagen ganz in der Nähe. Daher mochte ich nicht ausschließen, dass ich auch ohne Wegbeschreibung an ihnen, sozusagen zwangsläufig vorbeigekommen wäre. Die beiden Häuser hatten, wie es Dr. Giese angekündigt hatte, alles, was ich brauchte. Er hatte es mir allerdings freigestellt, es auch in einer anderen Einrichtung zu versuchen. Nur wisse er nicht, was mich dort erwarte, ob sie dort auch die Produkte hätten, die ich benötige. Zu meinem Glück bekam ich einen Beutel, um all die Dinge verstauen zu können: die Kartons mit den Kompressionsstrümpfen und der Orthese, den Schmerzmitteln, den Thrombosespritzen.

Der Anruf kam rechtzeitig. Der Rucksack war gepackt und auch ein Beutel, den ich kurzfristig hatte hinzuziehen müssen, weil eine größere als die von mir geschätzte Transportkapazität erforderlich geworden war. Es war Glück im Spiel. Zehn, vielleicht auch nur fünf Minuten später, denn der Rucksack und der Beutel waren ja gepackt, ich also in dieser Hinsicht vollkommen startklar war, hätte ich wohl im Auto gesessen und die Fahrt in den Rosengarten aufgenommen. „Ein technisches Problem im OP." Die Frau am Telefon sprach flüssig, doch nicht überhastet; der Ausdruck „routiniert" dürfte es wohl am ehesten getroffen haben. Es war ein kleiner Vortrag, den sie hielt, auch mit einigen Fachbegriffen, die für mich neu und ganz ungewohnt waren. Das mit dem „technischen Problem" überzeugte mich aber sofort. Es war wirklich nett von der Frau am Telefon, dass sie selbst noch die Schlussfolgerung zog, die sich aus dem „technischen Problem" ergab, obwohl es doch ein Leichtes für mich gewesen wäre, sie eigenständig zu ziehen, auch ohne die offizielle Bekanntmachung, die sie, wie gesagt, großzügiger Weise vornahm.

Schon bald gab es einen neuen Termin, der allerdings aufgrund „eines technischen Problems" in einen weiteren, in einen Folgetermin umgewandelt werden musste. Ob es allerdings das schon bekannte technische Problem war oder es sich um ein neues technisches Problem handelte, erfuhr ich nicht. Die Zeit rückte vorwärts und das Ungewisse, das die Operation als Aura umgab, nahm eine wachsende Dimension an. Aus den vielen Fragen, die ich mir stellte, ragte aber keine wirklich hervor. Eine der Fragen, nur ein Beispiel, war die, wie es mir nach der Operation gehen werde, ob mein rechtes Bein steif sein würde, ob es sich noch beugen ließe? An einer

Einschränkung zweifelte ich nicht. Nur wie lange ich mit ihr zu tun habe, bis ich mich wieder frei bewegen konnte, wusste ich natürlich nicht. Das Gespräch mit dem Anästhesisten, der mich unerwartet anrief, zerstreute mich ein wenig. Es waren alles gute Fragen, die er stellte. Es machte mich ein wenig stolz, über meinen Gesundheitszustand Auskunft geben zu können: keine Herz-Kreislaufprobleme, kein Diabetes, keine Medikamente, keine Vorerkrankungen, kein Raucher. Er äußerte sich aber nicht zu meinen Erfolgen, verlor nicht ein Wort, hörte sich alles nur an. Sicher war er ganz auf die Operation fokussiert, freilich, es gab viel zu besprechen: Nichts trinken, nichts essen, später, nach der OP musste ich abgeholt werden, doch in keinem Fall von einer minderjährigen, einer Person, die das 18. Lebensjahr noch nicht vollendet hatte, nicht Auto fahren, keinen Vertrag unterschreiben. Auf diesen Punkt ging er näher ein. 24 Stunden gelte dieses Verbot, vom Zeitpunkt an, an dem ich aus der Narkose erwache. Sollte ich trotzdem eine Unterschrift leisten, müsse ich mit fatalen Folgen rechnen.

Es war am Tag vor der Operation, als ich ordnungsgemäß, wie ich glaubte, in der Tagesklinik anrief. Ich hielt mich an das Infoblatt, das ich erhalten hatte und in dem stand, dass mein Anruf in der Zeit von 9 bis 12 Uhr stattzufinden habe. Nur innerhalb dieses Zeitfensters könne ich den Zeitpunkt meiner OP erfahren. Um 9 Uhr begann ich, mich auf meinen Anruf vorzubereiten. Es war 9.25 Uhr, als er erfolgte. Die Frau, deren Stimme ich zu hören bekam, war gleich ungehalten. Mir sollte doch bekannt sein, dass Auskunft nur in der Zeit von 12 bis 14 Uhr erteilt würde. Ich rechnete es der Frau, die sicher am Tresen in der Tagesklinik saß und jetzt mit mir sprach, hoch an, dass sie das Gespräch nicht gleich beendete, sondern mir noch mitteilte, ich sei von der Liste gestrichen worden. Da ich erkältet sei, könne ich nicht operiert werden. Das war eine neue, eine unübersichtliche Lage. Ich beteuerte, ich sei vollkommen gesund. Das hätte ich doch erst am Vortag dem Anästhesisten versichert. Noch während ich die Frau in der Tagesklinik von meinem tadellosen Gesundheitszustand zu überzeugen versuchte, schoss mir das Blut ins Gesicht. Es gab da wirklich etwas, was ich gesagt hatte. Doch um mich richtig verteidigen zu können, hätte ich natürlich beweisen müssen, in welchem der Gespräche mit dem Anästhesisten, die aufgrund technischer Probleme ihren Wert verloren und nichtig geworden waren, meine Worte gefallen waren. Um das monotone Frage-Antwort-Pingpong ein wenig aufzulockern, hatte ich ohne zwingenden Grund, ohne mir viel dabei zu denken, geäußert, dass ich froh sei, gerade eine Erkältung überstanden zu haben. Ich wieder fit sei und die Operation für mich genau zum richtigen Zeitpunkt komme. Hatte ich gar eine versteckte Bewunderung anbringen wollen für die weitsichtige Planung der Tagesklinik, in die selbst ferne Dinge, wie meine überstandene Erkältung, von der die Operateure meiner Auffassung nach kaum etwas wissen konnten, trotzdem Eingang in ihre Planung fanden? Der Hinweis auf eine Erkrankung musste sich verselbstständigt haben, wie ein Vagabund musste er sich herumgetrieben und sich schließlich mit der aktuellen Operation verbunden haben.

Doch jetzt war nicht die Zeit, Nachforschungen oder eine Untersuchung anzustellen. Es gab ein Scharmützel. Ich kämpfte gegen den Verdacht einer Erkältung in einer Art an, in der ich mich nicht mehr erkannte. Die Person, mit der ich sprach, machte aufgrund meines Ausbruchs schließlich Anstalten, mich wieder auf die Liste zu setzen. Nur, das mit dem Krankentransport sollte ich mir aus dem Kopf schlagen. Ich ahnte, sie führte jetzt das entscheidende Argument an. Das käme gar nicht in Frage, Transporte seien nur innerhalb von Berlin erlaubt. Die Lage, in der ich versuchte, eine Orientierung zu finden, um eine Entscheidung treffen zu können, hatte sich von Grund auf gewandelt. Wehmütig dachte ich zurück an das schöne Gespräch mit einer Frau aus der Tagesklinik, ich war sicher, dass es eine andere gewesen war, obgleich die Frauen, wenn es denn verschiedene waren, mit denen ich gesprochen hatte, alle gleich geklungen hatten. Jene, diese andere, mit der ich jetzt ganz sicher nicht sprach, hatte mich erst auf die Möglichkeit eines Transports aufmerksam gemacht, bis vor die Haustür. Sie hatte sogar den Namen des Unternehmens genannt, Medmobil, das mich dahin bringen würde, wo ich wohne, auch wenn dies außerhalb von Berlin sein sollte. Wie viel hatten mir ihre Worte bedeutet. Jetzt bestanden aber nur noch Emotionen, die ich mit einer unbekannten Person austauschte, losgelöst von jedem Argument. Das Gespräch war im Prinzip beendet, auch wenn zwischen mir und der Tagesklinik noch Raketen hin und her flogen. Als Stille einkehrte, war es mir ziemlich egal, wem das Verdienst gebührte, zuerst die Verbindung abgebrochen zu haben. Entscheidend war nur noch, dass ich jetzt die Chance hatte, mich wieder zu beruhigen.

Ich besann mich darauf, dass ich tatsächlich viel über die OP nachgedacht hatte. Die An- und die Rückfahrt hatten es in sich. Es gab Tücken, die in ihrem Umfeld lauerten. Claudia, meine Liebste, war bereit, mich zu fahren. Sie wollte sich Urlaub nehmen, einen der kostbaren Tage für mich opfern. Die Unbekannte in der Rechnung war jedoch der Zeitpunkt meiner Operation. Die Tagesklinik wollte ihn erst 24 Stunden vorher bekanntgeben. Meine Recherche hatte ergeben, 6.30 Uhr war der früheste mögliche Termin, 12 Uhr war der späteste. Zweieinhalb Stunden plante ich für die Fahrt. Ich rechnete die verschiedenen Startzeiten aus, und ging bei ihnen ansetzend in die Tiefe bis zum Klingeln des Weckers. Die Unterschiede waren substanziell: Aufstehen zu einer unchristlichen oder doch zu einer christlichen Zeit.

Mit dem Versprechen eines Transports hatte sich vor zwei Tagen das Szenario grundlegend gewandelt. Ich würde bereits am Abend locker in den Zug steigen, würde Ebs, meinen alten Freund, den ich schon lange einmal hatte besuchen wollen, treffen, bei ihm übernachten, würde am Morgen noch angeregt von dem Wiedersehen mit einem guten Freund entspannt um 6.30 Uhr in die Tagesklinik gehen. Doch kam ich nicht weit, mich in meinem Plan zu verlieren, dessen Schönheiten virtuell auszukosten, die nun alle hinfällig geworden waren, spätestens, als diese Stille in der Verbindung mit der Tagesklinik eingetreten war. In jenem Moment, im Moment der Stille, war überdies ein Zweifel aufgekreuzt. Konnte der Schmerz im rechten Knie wirklich den Aufwand für die Operation rechtfertigen?

Doch auch der neuen Lage, also jene, die nach der Stille in der Leitung aufgeblüht war und mich aufgrund eines grußlosen, eines bereinigenden Abschieds aller weiteren Berechnungen enthoben hatte, war keine Dauer beschieden. Nochmals änderte sich die Situation, nahm sie nochmals eine von Grund auf neue Gestalt an. Betont sachlich, als habe es ein Scharmützel niemals gegeben, meldete sich die Tagesklinik, mit der der Bruch doch vollzogen war. Mein OP-Termin sei um 12 Uhr, Medmobil bringe mich um 15 Uhr nach Hause. Nach der Bekanntgabe dieser Termine war das Gespräch auch beendet. Ich weiß nicht, was es war, aber die Freude am Planen war mir vergangen. Denn anders konnte ich mir nicht erklären, dass ich ohne noch einmal etwas zu bedenken, rein mechanisch, das Treffen mit Ebs absagte und, das war die einzig mögliche Schlussfolgerung aus dem späten OP-Termin, erst am Morgen in den Zug stieg.

Ich traf zeitig in Berlin ein. Am Alexanderplatz verließ ich den Zug. Die Fahrt war angenehm gewesen. Ich war eingestiegen und hatte am Fenster Platz genommen, hatte die schöne Aussicht mit einem Bedauern wieder aufgegeben und war ausgestiegen. Es waren zur Betrachtung einladende Ansichten gewesen, die ich zu sehen bekommen hatte. Die Landschaft ruhte sich noch aus. Wahrscheinlich liefen aber bereits die Vorbereitungen auf das Frühjahr. Wolken und Sonne hatten sich in einem Wechselspiel über einem flachen Land befunden. Auf einer Reststrecke durch die Stadt hatte es nur noch Häuser gegeben. Einige hatten mir ganz gut gefallen, mit bodentiefen Fenstern und Türen, die in den Garten, auf einen gepflegten Rasen führten. Die große Zahl der Gebäude, sofern sie Menschen ein Heim boten, ließ mich allerdings an große Silos denken, meist horizontal, oft auch senkrecht ausgerichtet, deren Mauern von einer Unmenge Fenster aufgelockert wurden. Auf dem Alex schien die Sonne. Vor Eingängen, über denen eine große Schrift angebracht war oder eine kleine Folge von Buchstaben, die kein sprechbares Wort ergaben, standen Menschen. Ich beobachtete sie ein wenig. Ich fand es bewundernswert, wie sie dort standen, ganz ruhig, ohne ein Wort zu verlieren und untereinander einen schönen Abstand herstellend. Es waren, so ergab meine Zählung in einem Fall, 33 stille Personen. Im Allgemeinen waren die Augen auf den Eingang gerichtet. Einzelne fixierten die Spitzen ihrer Schuhe beziehungsweise das Pflaster, auf dem sie verweilten. Zu meinem Bedauern erlebte ich nicht, dass sich der Eingang einmal auftat. Ich hatte gehofft, verfolgen zu können, wie die erste Person aus der Reihe vor- und dann eintritt, vielleicht sogar nachdem eine andere Person aus dem Eingang geschlüpft war. Doch dies anzusehen, dies zu erfahren, war mir nicht vergönnt. Nur trug ich allein alle Schuld daran. Ich brachte nicht die Geduld auf, die dafür nötig gewesen wäre, obgleich ich überzeugt war, dass sich der Eingang hin und wieder öffnete. Mir fielen die vielen Baustellen auf, die vielen Absperrgitter, nicht nur vor dem Roten Rathaus, auch ganz nahe am Marx-Engels-Forum, das sich allerdings in einem tadellosen Zustand befand. Das Schloss leuchtete, die neue helle Fassade entlang der Spree, die nichts mit dem Schloss zu tun hatte, das angeblich wieder aufgebaut wurde. Ich hatte manches darüber gelesen, die ganze Geschichte mit dem Aufbau war ein wenig unappetitlich. Auch hatte ich den Eindruck, keiner wollte so richtig mit der Sprache rausrücken, ob das Schloss nun schon fertig war oder ob an ihm noch gebaut wurde. Der Begriff Teileröffnung kursierte. Nun, es war wirklich eine sehr schöne Fassade: Auf der gesamten Strecke gegenüber dem Lustgarten war ein richtiges Schloss zu sehen. Im hellen Schein der Sonne leuchtete Sandstein, er war noch ganz frisch. Eine Belebung ging von dem Bild aus. Was ich zu sehen bekam, hatte einen Neuigkeitswert. Das Schloss hob sich doch sehr von all dem anderen ab, was in der Umgebung so poussierte. Der Berliner Dom war schon mächtig, das Alte Museum prachtvoll mit Säulen bestückt, das Deutsche Historische Museum konnte durchaus als ein kleineres Schloss aufgefasst werden. Doch sie alle fielen ziemlich ab, im Vergleich zu dem Neuen, das das Schloss in diesem Kreis bot. Freilich, aufregend war auch das Schloss nicht. Es bestand aus ganz ähnlichem Sandstein, nur fehlte ihm eben die Patina des Vertrauten, um sich im allgemeinen Bild zu verlieren. Wie dem auch sei, dieses Schlossforum schien mir dennoch noch das Beste zu sein von dem, was ich an dieser Stelle bisher gesehen hatte. Die Leere einer großen Fläche, die notdürftig gefüllt wurde, mit einem verspiegelten Klotz, dem liebevoll das Prädikat Palast anhing, seines unzureichenden Formats wegen, lediglich mangelhaft die große Leere füllend. Daher die Notwendigkeit des Namens, daher eine Notwendigkeit zum Aufstellen von Fahnen und Tribünen, zur Ansammlung winkender Personen, von Absperrgittern für die Parade der Kampfgruppen. Nun ich vertiefte mich in den Anblick der neuen Fassade, auch ein wenig länger, denn es gab ja bereits eine Gruppe, die den erneuten Abriss des Schlosses forderte. Den Schlossplatz konnte ich dann nicht mehr betreten. Bauzäune versperrten auch hier den Weg und sogar den Blick auf den Eingang, also den Zugang ins Innere des Schlosses. Teileröffnung war schon der angemessene, realistische Begriff. Ich stellte mir etwas in der Art eines Wettlaufs vor. Es durfte gewettet werden, ob das Schloss vor seinem Abriss noch fertig würde. Die führenden Organe fetzten sich bereits, was vorteilhafter oder gelungener ist: Sollte die Sprengung erfolgen, während noch gebaut wurde, oder war der Mehrwert höher und größer, wenn das Objekt erst ganz und gar erstand und so einen vollständigen Anblick bot, der Hass sozusagen rund werden konnte.

Ich befleißigte mich, alles richtig zu machen. Es durfte keine Veranlassung geben, meinen guten Willen in Zweifel zu ziehen, Unmut oder gar Kritik anzubringen. Ich vertraute darauf, dass Pünktlichkeit ein universeller Wert ist. Vor der Tagesklinik hielt ich inne und spielte die Varianten eines korrekten Verhaltens durch. Es kam wahrscheinlich auf das Maß an, die richtige Dosierung. Eine Stunde vor der Zeit, konnte leicht falsch aufgefasst werden. Der Eindruck einer gewissen Kopflosigkeit oder noch schlimmer, einer Ungeduld, einer dreisten Aufdringlichkeit konnte entstehen. Genau eine halbe Stunde vorher, vor dem genannten Termin, so wollte ich den Rosengarten betreten. Mir gefiel diese Entscheidung. Ich war überzeugt, mit ihr gut leben zu können. Im Übrigen kannte ich das Gebäude ja, in das ich heute um 12 eingeladen war. Eine offizielle Stelle hatte einst hier residiert. Nie wäre ich zu jener Zeit auf die Idee gekommen, eintreten zu wollen. Ich war stets froh, wenn ich an der Gartenpforte, die ich wiedererkannte wie so vieles andere auch, unbehelligt vorbeigekommen war, der Polizist, mitunter waren es auch zwei, mich nicht angesprochen hatte. Die Zeit reichte dann sogar noch, darüber nachzudenken, dass die Polizisten, wenn man von dem drohenden Blick einmal absah, friedlich geblieben und im Kern wohl nette Menschen gewesen waren. Die Begrüßung im Rosengarten war die Sache von einem Moment. Mir gelang es lediglich, meinen Namen zu nennen. Die Dame des Empfangs, geschützt durch eine Plexiglasscheibe, riss einen Arm hoch. Die Richtung des erhobenen Körperteils war unmissverständlich. Sie wies zu einem Stübchen, einem Zimmerchen, in dem ich Platz nehmen und auf die Ärztin warten sollte, deren Namen sie nannte. Die Medizinerin war eine Erscheinung, jung, sportlich, langes glattes Haar. Trotz einer Ganzkörpermontur, wie sie Rettungskräfte in schwer verseuchten Gebieten tragen, war doch zu erkennen, dass sie eine schöne Frau war. Sie erklärte der Assistentin, die sie mitgebracht hatte, jeden Schritt des Coronatests. Sie gab dabei auch einige Kniffe Preis. Sie hebe den Abstrich so lange auf, bis zu sehen sei, ob das Testkit reagiere, es auch funktioniere. Ich empfand Dankbarkeit für diese Umsicht, denn es war doch schmerzhaft gewesen, als sie mir das Wattestäbchen tief in die Nase gebohrt hatte. Nur ungern hätte ich die Prozedur noch einmal über mich ergehen lassen. Doch alles ging gut. Das Testkid zeigte eine Reaktion, als es mit meinem Abstrich in Berührung kam. Jetzt würde es noch 15 Minuten dauern, erklärte die Ärztin, bis das Testergebnis vorliege. Der Assistentin verriet sie einen weiteren Kniff. Sie zückte ihr Smartphone und demonstrierte, wie sie den Timer einstellte. Sie werde nach Ablauf der Zeit erinnert. Auch wenn sie schon wieder mit ganz anderen Problemen beschäftigt sei, könne sie den Test nicht vergessen. Mir ging es ziemlich gut. Zum einen hatte ich gehört, wie sie gesagt hatte, sie sehe jetzt schon, dass das Ergebnis negativ ausfallen werde. Das war gut zu wissen. Doch stellte ich es mir auch schön vor, sie noch einmal zu sehen. Auf das erhoffte Wiedersehen musste ich lange warten, bis ich ziemlich sicher war, dass es nicht stattfinden würde. Es war beinahe eine Stunde vergangen, als ich mich von dem Stuhl erhob, von dem die Schöne gesagt hatte, ich solle es mir auf ihm bequem machen. Schelmisch hatte sie angemerkt, ich könne jetzt chillen. Die Dame hinter dem Plexiglas, es konnte die sein, die mich in das Zimmerchen verwiesen hatte, es konnte aber auch eine andere sein, bestätigte aufrichtig, dass man mich vergessen hatte. Sie lobte mich, wie aufmerksam ich doch sei, dass ich mich gemeldet habe. Ich könne nun mit meinen Sachen eine Etage höher gehen, mich dort setzen und warten. Ich war allein auf dieser Etage, und ich konnte mich auf die Patienten konzentrieren, die aus der Etage über mir herunterkamen. Ich beobachtete, wie sie das Bein, das mit dem dick umwickelten Knie, steif wie einen Stock Stufe für Stufe aufsetzten. Ich blieb aufmerksam, gerade Kleinigkeiten oder Kniffe wollte ich mir nicht entgehen lassen. In der Zwischenzeit stand ich am Fenster und schaute in den Garten. Viel war nicht zu sehen, er war nicht unbedingt abwechslungsreich. Nur trockenes Gras, das im Vorjahr hoch aufgeschossen war, nun aber vergilbt war und kraftlos dalag. Zu meiner Verwunderung war nicht eine Rose zu sehen, obwohl die Einrichtung doch Rosengarten hieß. Am Himmel zogen Wolken auf, von der Sonne blieb nicht viel übrig. Doch erschien mir das nicht so schlimm, auch unter Wolken wäre ich jetzt spazieren gegangen. Dieser Gedanke und das Verlangen, an die frische Luft zu wollen, beschäftigten mich. Ich verbrachte zwei Stunden in der Tagesklinik und es war noch nichts von dem eingetreten, was ich erwartet, was ich mir vorgestellt hatte. Ich hatte auf so vieles achtgegeben. Die Chipkarte brachte ich mit, die Blutwerte, das EKG aus der Voruntersuchung. Ich hielt die Unterlagen bereits in der Hand, aber die Dame hinter dem Plexiglas hatte bloß auf das Stübchen gezeigt. Ich hatte Bettzeug, ein T-Shirt, eine kurze Hose eingepackt, auch dies genau wie es auf dem Infoblatt gestanden hatte. Das alles waren wichtige Sachen, nur jetzt, da ich an Ort und Stelle war, interessierte das keinen mehr. Ich grübelte noch darüber nach, ob es eine Schlussfolgerung gab, die sich aus all dem ziehen ließ, als ich meinen Namen hörte. Eine Stimme sprach ihn, sie rief nicht, sie sprach ihn einfach aus, ohne auch nur eine Silbe zu heben oder zu senken. Doch die Stimme erlöste mich, nahm mir die Bürde, eine Schlussfolgerung ziehen zu müssen. Die Stimme kam von oben, aus der Etage über mir, ich hörte sie nur, konnte nicht sehen, wem sie gehörte. Aber ich ging jetzt vorbei an der großen Schrift, die über der Treppe angebracht war, die ich bei jedem Rundgang über die Etage gelesen hatte. Sie war markant und besagte so viel wie, bis hierher, aber nicht weiter. „Zutritt verboten. Operationsbereich". Doch nun war alles anders. Das Verbot war aufgehoben, ich war autorisiert, die Stufen zur nächsten Etage zu gehen. Es war eine andere Welt, in die ich eintrat. Bei der hohen Umdrehungszahl, die hier herrschte, wurde mir nahezu schwindlig, kaum konnte ich noch den Anweisungen folgen, mit denen ich überhäuft wurde. Leicht hätte ich die Situation als problematisch auffassen können, wäre da nicht die Frau gewesen, von der die Anweisungen zwar ausgingen, die aber auch eine unerschütterliche Tatkraft an den Tag legte. Ich begriff, unter dem Schutzschild ihrer Energie konnte mir nichts passieren. Folgsam legte ich meine Sachen ab, zog mich aus bis auf T-Shirt und kurze Hose, bezog das Bett, an das sie mich verwiesen hatte. Ich meinte, den wohlwollenden Blick spüren zu können, der auf mir ruhte. Es waren ziemlich viele Betten in dem Zimmer, oder treffender in dem Saal. In jedem lag oder schlief ein Mensch, nur ein Bett war leer, die Bettdecke lag aufgeschlagen bereit für den Patienten, der gerade operiert wurde. Es war schon eine Freude, ich bekam das beste Bett, das Bett am großen Fenster mit dem von allen Betten besten Blick in den Garten. Der Anästhesist war wie immer sehr freundlich. Ich stellte fest, nun da ich ihn zu sehen bekam, dass er ein alter

Mann war. Nur wies er mich gleich zurecht, als ich auf der Bettkante sitzend fortfuhr, meine Sachen zu ordnen. Der Vortrag, den er halte, verlange hundertprozentige Aufmerksamkeit, jedes Wort, das er sage, müsse ich aufnehmen und beherzigen. Es war viel, was er mir zu sagen hatte. Er erklärte mir die Phasen der Anästhesie, das Mundstück, das ich bekommen würde, die Länge des Schlauchs, der mir in den Rachen geschoben würde, die Phase der künstlichen Beatmung. Ich kam kaum hinterher und ehrlich gesagt, viel verstanden habe ich nicht. Wirklich eingeprägt habe ich mir nur das mit dem Traum. Ich solle mir einen Traum überlegen, forderte mich der Anästhesist auf, den ich während der Operation träumen sollte. Ich sollte aber darauf achten, redete er mir ins Gewissen, dass der Traum auch wirklich schön sei. Er verschwieg allerdings nicht, dass ich nach dem schönen Traum einiges einzuhalten hätte. Ich dürfe die Klinik nur in Begleitung einer Person verlassen, die nicht minderjährig sein dürfe, dürfe auf keinen Fall Auto fahren und, auch das wusste ich schon, ich dürfe 24 Stunden lang keinen Vertrag unterschreiben. Auf dieses Problem ging er wiederum näher ein. Dennoch blieb ein Bodensatz an Unklarheit zurück. Ich wusste nichts über den Charakter des Vertrages, den ich nicht unterschreiben durfte. Waren durchweg alle Verträge schlecht, oder gab es vielleicht auch Ausnahmen?

Ich saß unverändert auf der Bettkante, als Dr. Giese kam. Ich nahm es allerdings nur an, dass er es war. Denn er stellte sich nicht vor und auch der Kittel trug keine Aufschrift, die etwas über die Person verriet, die in ihm steckte. Er wollte lediglich wissen, ob ich erkältet sei. Vielleicht lag es an der hohen Umdrehung, die auf der Etage herrschte, vielleicht lag es auch daran, dass ich lange nichts gegessen und auch lange nichts getrunken hatte, ich merkte nur, wie ich aus dem Gleichgewicht geriet. „Wie oft denn noch soll ich auf diese blöde Frage antworten?" Meine starke Erregung, mein aufbrausender, empörter Ton schienen ihm gefallen zu haben. Zufrieden eilte er davon. Vielleicht hatte er sich aber auch nur überzeugen wollen, dass ich mit dem Bettenbau fertig geworden war. Das war die einzige Begegnung mit meinem Operateur, es waren auch die einzigen Worte, die ich mit ihm wechselte, alles, was den Verlauf und das Ergebnis der Operation betraf, konnte ich später einem Handout entnehmen, das zusammen mit schönen Bildern aus dem Inneren meines Knies und dem Überweisungsschein an den weiterbehandelnden Arzt in einer glänzenden Mappe steckte.

In den Augenblicken vor der Operation erinnerte mich der Anästhesist noch einmal an den schönen Traum, den ich unbedingt träumen sollte. Und ich träumte auch wirklich einen schönen Traum. Ich hatte sehr gehofft, dass die schöne Ärztin darin eine Rolle spielen würde. Doch sie kam gar nicht vor. Professor Braun schritt die Reihe der Betten ab, jeder Patient zeigte ihm ein Knie, das mit einem dicken Verband umwickelt war. Er schritt nicht, er ging, ja er schwebte an die Betten heran. Und wirklich es stimmte, er trug wirklich in einer Ansammlung von Ärzten, Schwestern und Krankenpflegern den unansehnlichsten, den verbrauchtesten Kittel, und wirklich, ich konnte mich jetzt davon überzeugen, nur Braun stand auf dem verschlissenen Stoff. Nicht Professor Braun, sondern nur Braun. Es waren die Erzählungen von Dr. Schulz über die Schlichtheit eines Menschen, die mich rührten, deren Aufrichtigkeit. Und nun erlebte ich es selbst, konnte es selbst sehen, wie einfach und wie bescheiden Professor Braun war. Eine Welle warmen Glücks hub an, ich war Zeuge einer zu Tränen rührenden Bescheidenheit. Der Traum war durchweg schön. Er machte mich glücklich, gewiss glücklicher als der Traum von einer schönen Ärztin.

Ich war erwacht, lag in dem Bett, das ich bezogen hatte, und ich fühlte mich erholt. Das Knie, das operiert worden war, spürte ich schon, aber der Schmerz beeindruckte mich nicht. Die tatkräftige Frau reichte mir einen Becher mit Tee, der von großem Wohlgeschmack war. Gern hätte ich um einen Nachschlag gebeten, nur sie war beschäftigt, unabkömmlich, sie war gefesselt von dem Gedankenaustausch mit einer Frau, die wie ich in einem Bett lag, die ich aber nicht sehen konnte, da ein Vorhang sie vor Blicken schützte. Zwischen den Frauen bestand großes Einvernehmen, es bestand aber nicht nur, es schien zuzunehmen, wie ich an der sich aufbauenden Intensität, mit der sie das Gespräch führten, zu erkennen glaubte. Es handelte sich mehr um Bruchstücke, mit denen sie sich gegenseitig versorgten. Zumindest ich als Außenstehender konnte keinen Zusammenhang erkennen. Für mich waren es also Bruchstücke oder Kürzel, vielleicht auch Chiffren, die ihnen vertraut waren und ihnen das Sprechen erleichterten. Ein Kürzel, eine Chiffre reichte und schon war alles gesagt. Sie beugten sich gewissermaßen über einen Abgrund und schauten hinein. Es war das unfassbar Schlechte, was sie dort erblickten. Die Empörung und das Entsetzen, die in beiden aufbrausten, ließen keine andere Schlussfolgerung zu.

Über die Krankentransportfahrt mit Medmobil gibt es nicht viel zu sagen. Der Transportraum war nicht gerade aufregend. Ich betrachtete mehrere Einbauten mit mehreren Schubfächern, eine Liege auf einem Fahrgestell, die mir nicht so schien, als würde ich darauf gerne liegen, ein Rollstuhl mit allem Drum und Dran und eine Art Notsitz, von dem ich nicht wusste, wie ich auf ihm sitzen sollte. Durch eine Luke schaute der Pfleger, der neben dem Fahrer saß, zu mir in die Kabine herein, und fragte in Abständen, wie es mir gehe. Das kleine Fenster war die einzige Verbindung zur Außenwelt. Zwar verfügte der Transportraum über Fenster, nur konnte niemand durch sie hindurch sehen, es waren alles Mattscheiben. Das Interessanteste war noch der Schriftzug über der Luke, durch die der Pfleger blickte. „tsches Rotes Kreuz", las ich. Klingt nicht mal schlecht, fand ich. Ich nahm an, dass die Inschrift nicht die ursprüngliche war. Es konnte sein, dass Buchstaben abhandengekommen waren.

Die Insel

Die Tür war verschlossen. Unter Eid bei einer Anklage, also vor Gericht, hätte ich das nicht gesagt. Ich nahm es an, dass sie nicht allein zugeschlagen, sondern im Schloss der Schlüssel einmal, womöglich mehrmals umgedreht worden war. Ich hätte für meine Aussage, Beweise vorlegen müssen, also mit der Hand nach der Klinke fassen und versuchen müssen, die Tür zu öffnen. Es müsste ein zweifelloser, glaubhaft mit Nachdruck unternommener Versuch gewesen sein. Nur dann wäre es gerechtfertigt, unter Eid zu sagen, die Tür sei verschlossen gewesen. Nur hätte diese Prüfung, auch wenn sie bloß ein Versuch war, unter Umständen als Einbruch aufgefasst werden können, falls doch jemand, obwohl ich, wie ich meinte, allein vor der Tür stand, mich beobachtet und mich gemeldet hätte. Dabei wollte ich mich nur verabschieden, mich bei der Dame, die meine Vermieterin war, bedanken für die schönen Tage, die ich in ihrem Gartenhaus hatte verbringen dürfen, vor dem ich umgeben von der Pracht hoch aufgeschossener Stockrosen am Morgen das Frühstück eingenommen hatte, und ich ihr, der alten, freundlichen Frau, wenn sie aus dem Haus kam, einem Fischerhaus, dessen Reet über die kleinen Fenster ragte, einen guten, zur Abwechslung auch einen schönen Morgen gewünscht hatte. Sie trat, während ich am Gartentisch meinen ersten Kaffee trank, zuverlässig aus der Tür, die, wie ich vermutete, bereits seit Stunden offen stand. Sie hatte unabänderlich etwas in der Hand, einen Lappen, einen Schrubber, gelegentlich einen Beutel, wenn sie Lebensmittel besorgen ging. Dann trug sie nicht ihre Kittelschürze, sie trug ein dunkles, geblümtes Kleid. Dass diese Dame von mittlerer Größe und drahtiger Gestalt die 80 erreicht hatte, sah ich ihr nicht an. Wir stimmten bei der Einschätzung des Wetters regelmäßig überein. Die Sonne schien, und der Tag würde schön werden. Ich lobte die Vielfalt der Blüten an den Stockrosen, und sie meinte, es müsste mal wieder regnen. Wenn sie sich schließlich erkundigte, was ich heute vorhätte, wusste ich, sie wünschte, nun da alles gesagt war, in ihrer Beschäftigung fortzufahren. „Ich will an den Strand." „Ich gehe im Küstenwald wandern." Das waren die Antworten, die ich vorrätig hatte, und die ich vorbrachte, ohne zu wissen, was ich wirklich tun würde. Ich war noch nicht so weit. Ich trank den ersten Kaffee, beschäftigte mich mit dem frühen Licht, das auf das Reetdach fiel, mit den Köstlichkeiten, die auf dem Frühstückstisch standen vor dem Gartenhaus, in dem ich erholsam geschlafen hatte. Die Stockrosen zogen meine Aufmerksamkeit auf sich, üppig genährte Hummeln schlüpften in die Kelche der Blüten und brummten, unermüdlich schilpten Spatzen, deren Kolonie unter dem Reet ansässig war, ein munteres Trio hüpfte durch das

Gras, eine Gruppe pickte auf die Moosschicht ein, die sich mit den Jahren auf dem Dach des Fischerhauses ausgebildet hatte. Der Himmel war blau, die Sonne schien, in der Ferne auf einer gemähten Wiese lagen Rollen goldenen Heus. Ungestört folgte ich dem Treiben zufriedener Hummeln, zufriedener und doch auch aufgeregter Spatzen, betrachtete den Himmel, der von einem reinen Blau war, und überlegte, ob ich die Goldrollen, die auf der fernen Wiese lagen, einmal zählen sollte. Die freundliche Frau war wieder in das dunkle Rechteck der Tür eingetaucht und die Nachbarn, die das andere, das zweite Gartenhaus bewohnten, waren noch nicht erschienen. Sie schliefen noch, wie ich glaubte, berechtigt zu sein, annehmen zu dürfen. Es herrschten eine Ruhe, ein Frieden, wie es sie wohl nur hier auf der Insel gab, auf diesem abgeschiedenen Flecken Erde, zu den es mich hinzog seit Jahren, so vielen, dass ich nicht mehr wusste, was für eine Zahl, die auch nachprüfbar war, ich angeben sollte. Ich war mit diesem Flecken vertraut, dem Strand, dem Küstenwald. Ich war unterwegs auf den Wegen zwischen den Ortschaften, auf Dorfstraßen mit den kleinen alten Häusern, die sich als Feriendomizile reger Nachfrage erfreuten.

Es war schön, Nachbarn zu haben, nette Leute in Ferienstimmung. Diesmal war meine Freude besonders groß. Von ihnen, ein Paar nahezu in meinem Alter, ging etwas Wohltuendes aus, sie waren sehr gepflegt, sprachen sehr kultiviert, und überhaupt verströmten sie große Freundlichkeit. Beinahe ungeduldig, in Vorfreude wartete ich auf die nächste, sich zufällig ergebende Begegnung und die sich daraus ergebende Plauderei, die Möglichkeit, ein angenehmes Gespräch zu führen.

Wir tauschten uns über die Schönheit der Insel aus, waren aber umgehend auf das große aktuelle Thema zu sprechen gekommen. Mit einem Bedauern nahm ich es hin. Ich hielt den Schwenk für unausweichlich und versuchte nicht, schwärmerisch an meinen Eindrücken festzuhalten und in deren Schilderung fortzufahren. Was mir gleich gefiel, er ließ alles gelten, was ich vorbrachte, was mir beim Nachsinnen am Gartentisch einmal durch den Kopf gegangen war. Er widersprach nicht ein einziges Mal, obwohl ich mich doch ziemlich weit vorwagte. Mir schien es zumindest ein bisschen makaber, täglich in jedem, wie verabredet, was natürlich Unsinn war, aber wirklich in jedem relevanten Medium die Zahlen dargestellt zu bekommen, die Zahl der Infizierten, der Genesenen, der Toten, der Geimpften und den Eifer, auch jede Zahl aufzugreifen, sie zu gestalten, kunstvoll Diagramme zu entwerfen und Tabellen mit der Hervorhebung, einer Markierung der Zahl mit dem größten Schrecken; Zahlen, die wie aus dem Nichts auftauchten, wie es mir erschien, die natürlich Zahlen der Experten waren, die lediglich nicht daran dachten, weil sie jetzt so viel zu tun hatten, einmal zu erklären, wie sie entstanden. Er hörte mich so ruhig und verständig an, was für einen Gedanken ich auch rollte, was für Zweifel ich mir gestattete, dass ich mich ermuntert fühlte, fortzufahren, weil ich das seltene Einvernehmen nutzen wollte, um mich einmal auszusprechen. Nur das mit der Planerfüllung hätte ich nicht sagen dürfen. Wie kam ich auch darauf, die Zahlen der Kranken, der Geheilten, der Toten mit den Zahlen zu vergleichen, die die Erfolge bei der Planerfüllung in der sozialistischen Landwirtschaft, in den volkseigenen Betrieben dokumentierten. Ich war froh, dass er mich nicht rügte, denn ich wusste es ja selber, dass sich diese Dinge nicht vergleichen ließen.

Nur, mir schien, er sah mich für einen Augenblick, nur für einen Augenblick noch etwas ruhiger an, noch etwas stiller. Ich hatte einen Blick aufgeschnappt, oder bildete es mir ein, ich hätte einen etwas anderen, einen ernsten, strengen Blick bemerkt, denn noch ehe ich mir darüber klar werden konnte, blickte er schon wieder freundlich, schenkte er mir sein Wohlwollen. Ich war erleichtert, er hatte meinen Worten keine Bedeutung beigemessen, war über den dummen Vergleich wie über eine Jugendsünde hinweggegangen, hatte meine Aussage dort eingruppiert und mich als im Grunde harmlos geführt.

Sie sagten mir beide sehr zu, er gefiel mir sogar noch besser als sie. Es war die schöne Art, die ihn ausmachte, seine besondere Erscheinung. Ich bewunderte die Hemden, die er trug. Man sah es, es war ein angenehm zu tragender Stoff, Baumwolle natürlich, bestimmt besonders hergestellt. Ein beinahe normales Freizeithemd mit kurzem Arm hätte man meinen können, in einem warmen Rot mit einem abstrakten Muster filigraner schwarzer Striche. Nur das Besondere des Schnitts fiel gleich auf. Dem Hemd fehlte der Kragen, jener, den alle trugen, nur ein zartes, schmales Bündchen lief um den schönen schlanken Hals. Besonders, wahrscheinlich edel sogar, wie man dann erkannte, war die Knopfleiste, nicht die üblichen Knöpfe. Ich sah Stäbchen, kurz und dick, aus einem Material, das mir nicht vertraut war, ich in Bereichen ansiedelte, in denen Horn und Perlmutt im Gebrauch sind, die durch eine optisch hervorgehobene, schön gestaltete Lasche geknöpft wurden. Weil ich doch mehr auf ihn achtete, ich ihr weniger Aufmerksamkeit schenkte, bemerkte ich an ihr nicht viel, nur leichte, luftige Sommerkleider. Sie fuhr, so viel ich erkennen konnte, ein ziemlich normales Rad. Er war auch hierin außergewöhnlich, er bewegte sich im Liegen, doch hatte sein Fahrzeug nur wenig mit einem der bekannten Liegeräder zu tun. Eine derartige Ausführung hatte ich noch nicht gesehen, weder im Alltagsverkehr noch in einem Prospekt, der in Entwicklung befindliche Modelle vorstellte. In einer dicken schwarzen Bereifung blinkten unzählige, was allerdings bloß der Eindruck gewesen sein dürfte, Speichen aus poliertem Edelstahl. Es war ein ungewöhnliches Modell. Ich vermutete, ein Experte dürfte am Werk gewesen sein, wahrscheinlich eine Spezialwerkstatt, die nach eigener Vorstellung ein seiner Individualität angemessenes Liegerad erschaffen hatte, wobei es natürlich darauf ankam, dass es sichtlich unverwechselbar war.

Es waren angenehme Gespräche, die wir führten. Ich schätzte seine nachdenkliche, in die Tiefe gehende Herangehensweise. Auf eine ausgesprochen schöne, man könnte auch sagen, vornehme Art wusste er, Zusammenhänge aufzugreifen. Es war wohltuend, ja ein Genuss, seinen Worten zu folgen. Bis in die Mittagsstunde blieben sie verschollen. In den Fenstern des Gartenhauses, das sie bewohnten, waren die Jalousien hochgezogen, nur oben durch einen Spalt konnte Licht einfallen. Ich war geneigt anzunehmen, dass sie noch schliefen, weil der Abend, noch spät hatte ich Stimmen gehört, wieder lang geworden war. Ungestört, allein mit meinen Dingen beschäftigt, verbrachte ich den Vormittag.

Es war bereits früher Nachmittag, wenn sie aufbrachen, ans Meer fuhren. Er in seinem Hemd mit den Perlmutt-Knöpfen, die eigentlich Stäbchen waren, entspannt auf seinem Liegerad, das für jeden ersichtlich ein Unikat war, und sie im Sommerkleid auf einem ziemlich herkömmlichen Rad. Immerhin ergab sich die Möglichkeit zu einem Geplänkel, das jedoch überschaubar blieb, da sie ja an den Strand wollten. Die Temperaturen spielten eine Rolle, vor allem die des Wassers, und dann waren sie auch schon weg. Am Abend, wenn sie vom Strand kamen, hatten sie, vor allem er, mehr Zeit. Wir standen zwischen den Gartenhäusern, die wir bewohnten, und tauschten uns aus über Erfahrungen, die wir im Leben gemacht hatten.

Wir schwelgten in Erinnerungen an die alten Fahrten in den Urlaub, die wir in jene Länder, ich zählte fünf, unternahmen, die uns als Bürger der DDR offen standen. Es waren unvergessliche Erlebnisse, die stets aufs Neue ein Gefühl aufkommen ließen, die das Verbindende herstellten, aus dem Gemeinschaft entsteht. Mit beladenen Rädern durch die Masuren, geradezu alpines Wandern in den Karpaten, Badespaß am Schwarzen Meer, fröhliches Zelten am Balaton. Ich glaube nicht, dass er mir etwas vorschreiben wollte, es war bloß ein Hinweis am Rande. Zwei Länder seien heute davon auszunehmen, es verbiete sich, dorthin zu reisen. Polen und Ungarn, ich wisse es doch, seien homophob. Er sagte das in einer moderaten, verbindlichen Art, die nichts Verletzendes enthielt, ein helfendes, zuvorkommendes Informieren, nichts weiter. Einen, vielleicht auch für zwei Momente überlegte ich, was er eigentlich meinte.

Aber ich kann jetzt doch keine Fragen stellen, sagte ich mir, wir sind gerade so schön im Schwelgen. Es war einfach zu schön, Unwiederbringliches, längst Vergangenes aufleben zu lassen, wieder jung zu sein.

Auf dem Weg zur Wertstofftonne passierte er die Ecke mit dem Gartentisch, an dem ich mich so gerne aufhielt.

Das geschah mehrmals am Tag und nicht selten war ich gerade mit etwas beschäftigt, mit einem Getränk, mit einem süßen Nichtstun. Wir sprachen über Trump.

Als ich mir dessen bewusst wurde, wunderte ich mich, wie es überhaupt dazu gekommen war. Wir waren beide erregt, mit großem Eifer besprachen wir diesen Menschen, den wir beide nicht weiter kannten, eben nur aus den Berichten, die wir gesehen oder gelesen hatten. Ich wunderte mich, weil das Thema, obwohl nicht wirklich heikel doch im Ganzen unerfreulich war. Wir standen zwischen den Gartenhäusern, die uns als Ferienunterkunft dienten, ziemlich in der Mitte von beiden, unsere Füße steckten in Sandalen, wobei jene, die er trug, etwas feiner, aus natürlichen Materialien waren, und meine einer Plastikpresse entstammten, aber beide hatten wir unsere Füße entblößt, weil es warm war, weil Sommer war, weil wir Urlaub hatten, und beide standen wir im Gras, und in der Nähe hüpften Spatzen umher auf der Suche nach irgendetwas im saftig grünen Gras zum Aufpicken. Der Tag war wieder sehr schön, und wir sprachen über Trump. Im Grunde hatte ich dagegen nichts einzuwenden, ich wunderte mich nur, wie wir unter diesen glücklichen Umständen auf einen Menschen zu sprechen kamen, von dem nichts als Unheil ausging. Es war zum Verzweifeln. Mich tröstete allerdings, dass die Angelegenheit auch eine gute Seite hatte. Man konnte bei diesem Thema einfach nichts falsch machen.

Die Berichte waren eindeutig, die Lage war derart klar, dass nur eine Reaktion möglich war, eine Empörung, besser noch ein Entsetzen, bei dem sich ein schönes Gefühl einstellte, ein angenehmer Gleichklang, eine Übereinstimmung, ein gegenseitiges Bestätigen in dem, was man gehört hatte und von dem man wusste, dass es wahr war. Ich kann gar nicht erklären, was mich antrieb, was mich verleitete, vielleicht weil mich der Gleichklang zu ermüden drohte, vielleicht weil ich einen gewissen Kontrapunkt setzten wollte, den es dann in einer Gemeinschaftsaktion aus der Welt zu schaffen galt und man, nachdem dies gelungen war, sozusagen erfrischt in den Gleichklang wieder eintreten konnte, vielleicht, und das halte ich im Rückblick für sehr wahrscheinlich, wollte ich aus purem Übermut, aus einem ganz falschen Ansporn, immer weiter und höher zu gehen in der Begeisterung, der aber langsam der Stoff ausging, einen spannenden Aspekt hinzufügen, um noch einen weiteren Kitzel anbringen zu können. Und in diesem falschen Eifer unterlief mir der Fehler. „Man könnte Trump auch einmal mit Obama vergleichen", entfuhr es mir in unserem gemeinschaftlichen Höhenflug. Worin er mir gleich beipflichtete und mir sozusagen grünes Licht erteilte, meinen Vergleich zu starten. Ich rechtfertigte den Vergleich damit, dass ja beide Präsident der Vereinigten Staaten von Amerika gewesen wären und die Welt in einem gewissen Sinne regiert und eben auch Krieg geführt hätten. Das Erstaunliche, das sich aus einer Aufstellung ergab, war, dass Obama mehr Krieg geführt und mehr Bomben abgeworfen hatte als Trump.

Es war klar, dass er darauf etwas sagen musste, das hatte ich erwartet. Nicht erwartet hatte ich, dass er über mich herfiel, als wolle er mich sofort zerfleischen. Wir, das war meine aufrichtige Hoffnung gewesen, hätten gemeinschaftlich die Aufstellung auseinandernehmen, die Fehler, die sie enthielt, aufdecken können, dass falsch gezählt wurde und natürlich, dass Krieg nicht gleich Krieg ist. Dass ein Krieg, den ein

Friedensnobelpreisträger befehligt, sich nicht mit dem Krieg eines Menschen wie Trump vergleichen lasse, dem nicht ohne Grund der Friedensnobelpreis natürlich nicht verliehen wurde. Doch dazu kam es nicht. Plötzlich brach das Gespräch ab, brach in sich zusammen. Wir standen zwischen unseren Unterkünften geradezu nacktfüßig im Gras und betrachteten einander. Seine Augen fixierten mich, er schaute, er starrte mich voller Entsetzten an. Er hatte sich allerdings noch unter Kontrolle. Ich an seiner Stelle wäre unweigerlich aus der Haut gefahren, und hätte ihn angeschrieen, das sei eine dreiste Lüge und ich sollte mich schämen, vor Scham im Erdboden versinken. Er gab nur ein Geräusch von sich, in dem ein schrilles Was vibrierte, dem sich ein verächtliches Äh anzuschließen schien. Weder das Was noch das Äh waren exakt formuliert, es verhielt sich eher wie mit zwei Splittern, die in einem Orkan stecken mochten. Nachdem der Orkan über mich hinweg gerast war, er wohl nur noch innerlich brauste, sprach er ohne Zittern mit fester, ernster Stimme, ganz wie ein Staatsanwalt, der dem Verbrechen entschlossen entgegentritt, ihm die Stirn, seine unüberwindliche Stirn bietet. „Wer sagt Derartiges?" Mir war auf einen Schlag klar, dass ich eine riesengroße Dummheit begangen hatte, gleich als er diesen Blick, einen scharfen, wie ich ihn bis dahin von ihm nicht gekannt hatte, auf mich gerichtet hatte. Ich versuchte zu beschwichtigen. Wir hatten hier im Gras zwischen den beiden Gartenhäusern schöne, wohltuende Gespräch gepflegt, ich sann darauf, das Einvernehmen, das sich wunderbar ergeben hatte, nicht aufs Spiel zu setzen, es nicht zu verlieren. Es handele sich überhaupt nicht um meine eigene Meinung, die ich wieder gegeben habe. Ich verlieh meinen Worten eine Distanzierung, mit der ich eine ablehnende, eine zweifelsfrei kritische Haltung zu dem, was ich ausgesprochen hatte, zu untermauern versuchte, in der großen Hoffnung, ihn damit besänftigen zu können, wobei ich aber nicht erkennen konnte, ob ich ihn überhaupt noch erreichte. Denn ungerührt wie ein Staatsanwalt wiederholte er die Frage, die er mir bereits gestellt hatte: „Wer sagt Derartiges?" Um in seinen Augen nicht ganz und gar als Dummkopf dazustehen, führte ich beflissentlich aus, ich habe das mit den Kriegen und den Bomben nicht blind dem Netz entnommen, in irgend so einen gemeinen Tweet aufgeschnappt. Ich berief mich darauf, dass immerhin ein Experte, ein bekannter Friedensforscher, dies gesagt habe. „Äh!" Nun hörte ich es tatsächlich, sein Äh. Er hatte wirklich „Äh, ein Experte" gesagt. Er drang weiter auf mich ein, er bestand darauf, dass ich den Namen aufdecke. Ich nannte ihn in der Hoffnung, hinter dem bekannten Friedensforscher ein wenig Schutz zu finden. Diesmal hörte ich kein Äh. Er sprach betont ernst, betont ruhig, und doch auch gelassen, denn jetzt war der Fall aufgeklärt. Er konnte als erledigt und entschieden betrachtet werden. „Ein Verschwörungstheoretiker, ein Verschwörungstheoretiker, der auf einer Geburtstagsfeier mit einem Rechten gesehen wurde."

Ich begrub meine Hoffnung. Nach diesem Patzer würden sie mich nicht mehr hinzuziehen, mich fragen, ob ich mal rüber kommen möchte an ihren Tisch, an dem sie am Abend zusammensaßen, alles gute Freunde, auf der anderen Seite des Gartenhauses, die für mich nicht einsehbar war. Ich besaß keine Vorstellung, wie viele es waren, die dort Wein tranken, es waren etliche Flaschen, die am nächsten Morgen vor dem Wertstoffbehälter standen, wie viele dort gesellig und einvernehmlich die Zeit verbrachten bis tief in die Nacht. Es kam vor, dass ich aus dem Schlaf erwachte und ich ihre Stimmen hörte. Das Fenster war geöffnet, und in milder, stiller Nacht erhoben sich ihre Stimmen. Wirklich, ich hatte in diesen Momenten eine Sehnsucht gespürt, wie das wohl wäre, wenn sie mich fragen würden, ob ich nicht auch einmal hinzukommen möchte? Warum auch nicht? Ich hörte doch auch die Stimme meiner Vermieterin, der freundlichen, mir vertrauten Frau, aus den Stimmen heraus.

Ich verfiel mit der Zeit einem Wechsel, der sich aus Weghören und einem Lauschen ergab, das nicht ganz ohne Anstrengung war. Meist war es aussichtslos, auch nur ein Wort zu verstehen. Doch wenn dann die Stimmen anschwollen, ergaben sich komplette Sätze, die mich erreichten. Das waren Momente, in denen ich aufmerksam wurde und zu lauschen begann. Ganz ehrlich, mich interessierte es schon, worüber sie sprachen, welche Themen sie behandelten und wie sie sie behandelten. Letztlich verstand ich aber kaum etwas, konnte mir auf die Bruchstücke, die ich auffing, keinen Reim machen. Wiederkehrend schnappte ich das Wort Sexismus auf. Ich hörte es in der Stille der sich herabsenkenden Nacht klar und deutlich, es klang nach einem Aufschrei, immer war es ein Ausruf, der sich mit großer Kraft über all die anderen Worte erhob, die gesprochen wurden. Es war schwierig, da ich die anderen Worte nicht kannte, einen Zusammenhang herzustellen. Das Einzige, was passierte, war, dass ich zusammenzuckte, aber nicht im Außenbereich des Körpers, mehr im Inneren, in der Nähe des Herzens. Ich vertiefte mich darin, sann auf Spuren, versuchte, einen Zusammenhang zum Vorschein zu bringen. Freilich war es so, so unbekümmert wie ich war, hatte ich angegeben, dass ich am Strand den Brauch der FKK, also freie Körperkultur, pflege, schon immer. Ich hatte gesagt, sogar erklärt, dass mir dieser Umgang mit dem Körper natürlich erscheint. Sich ohne ein Mäntelchen, ich versuchte zur Auflockerung, einen kleinen Scherz anzubringen, in den wärmenden Sand zu legen. Über meinen Scherz hatten sie, sie befanden sich gerade im Aufbruch an den Strand, so unbeholfen er schon war, nicht einmal mitleidig geschmunzelt, nicht eine Mine verzogen. Mit tiefem Schweigen gingen sie über das Mäntelchen hinweg, ebenso wie über mein Bekenntnis, der FKK anzuhängen. Ich konnte mir nicht erklären, was dieses Schweigen bedeutete, wie ich auch nicht erklären konnte, in welchem Zusammenhang das Wort Sexismus, das wie ein Aufschrei in der Nacht hallte, gestanden hatte. Das Einzige, wovon ich wirklich ausgehen konnte, war, dass ich zusammengezuckt war, nicht im Außenbereich des Körpers, sondern im Inneren, in der Nähe des Herzens. Es gab also auch vollständige Sätze, die ich an meinem Tisch vernahm, auf dem nichts als die entkorkte Flasche Wein stand, die ich vorsorgend für den Fall einer Einladung gekauft hatte. Den Gedanken, mir ein Glas zu holen, es immer wieder zu füllen, hatte ich verworfen. Mir schien es angemessener, gleich aus der Flasche zu trinken. Nur, weshalb ich Flaschentrinken für angemessen hielt, hätte ich nicht begründen können. Die Sätze, die ich aufschnappte, habe ich alle wieder vergessen, bis auf einen, der mir gleich aufgefallen war und den ich nicht vergessen konnte. „Aber mit Sicherheit kann ich es nicht sagen." Mit diesem Satz endete eine ausführliche Rede, die die Vermieterin, die freundliche Dame, die ich so mochte, gehalten hatte. Beinahe war ich ungläubig, was für einen langen Vortrag sie halten konnte. Daran gemessen waren die Gespräche, die wir über die

Aussichten für den Tag führten, nur Kleinkram, und auch der schien mir immer kürzer und einsilbiger auszufallen. „Der Tag wird schon schön." „Es bleibt schön." „Noch einen schönen Tag." Sie zeigte mir bereits den Rücken, wenn diese, wie ich fand, abschließenden Bemerkungen zu mir drangen. Es war nun nicht so, dass ich mit offenem Mund dagestanden hätte. Ich war lediglich dabei gewesen, anzuheben zu einem kleinen Gespräch. Es war offensichtlich, sie hatte mehr denn je zu schrubben, zu waschen, zu putzen. Vielleicht arbeitete sie ja gerade auf diese Abende hin, auf eine Freizeit, um teilnehmen zu können an diesem geselligen Beisammensein, das etwas Neues in ihrem Leben sein mochte.

Den Satz sagte sie zu später Stunde, als schon Nacht war. Der Umstand, dass ich ihn dann nicht mehr vergessen konnte, stellte sich aber erst am nächsten Morgen ein, als die mir vertraute Vermieterin auf mich zukam. Von den Stimmen, die ich bis tief in die Nacht gehört hatte, war nichts geblieben. Jetzt am Morgen senkte sich pure Stille über das Gartenhaus, in dem die Nachbarn gewiss noch schliefen. Die Jalousien waren hochgezogen, nur oben durch einen schmalen Spalt konnte Licht ins Zimmer fallen. Aus der Tür unter dem tiefhängenden Reet schoss die Frau hervor. Wahrscheinlich ist das übertrieben, wahrscheinlich trat sie wie jeden Morgen aus der Dunkelheit des offenen Rechtecks, nur, bedingt durch ein Gefühl setzte sich in mir ein Eindruck fest, als wäre sie herausgeschossen, eventuell weil sie direkt, in einer Weise auf mich zukam, als habe sie darauf gewartet, dass ich am Gartentisch Platz nehme und mein morgendliches Kaffeetrinken beginne. „Sie sind heute aber spät dran." Ich verstand sie nicht, ich verstand nicht, was sie mir sagte. Auf einmal, völlig unerwartet sah ich mich mit einer Feststellung konfrontiert, die ich nicht nachvollziehen konnte, nicht im Geringsten. Ich meinte, und nachdem ich mich wieder gesammelt hatte, bestand ich darauf, ich habe mich wie an den anderen Tagen verhalten, mich exakt zur gewohnten Zeit an den Tisch gesetzt. Es war undurchsichtig, wie sie dazu kam zu behaupten, ich sei aber spät dran. Was ich aber begriff war, dass sich aus der unverständlichen Feststellung der Vorwurf ergab, nicht in der Zeit geblieben zu sein, mich nicht richtig verhalten zu haben.

Wir fanden aber nicht die Zeit, um auf die Zusammenhänge eingehen zu können, weder ich noch sie vermochten dazu etwas vorzubringen, denn ohne Umschweife fragte sie, ohne den ersichtlichen Übergang eines Luftholens, worin meine berufliche Tätigkeit bestehe und wo ich sie ausübe? Der Themenwechsel verwirrte mich, die Frage meines Zuspätseins war nicht annähernd geklärt, schon hatte ich in einer anderen Angelegenheit Antwort zu geben. Ich war verwirrt, obwohl es nichts gab, was ich mit einem Mäntelchen hätte umgeben müssen. Weder betrieb ich als Landwirt Umweltzerstörung, noch war ich in irgendeiner Weise an Herstellung und Verbreitung klimaschädlicher Produkte beteiligt. Wie ich glaubte, gab es nichts, was ich verbergen, wofür ich mich hätte schämen müssen. Ich meinte, mich mit meiner Arbeit sehen lassen zu können, als Mediziner Erkrankten zu helfen. Es war nichts Neues, worüber ich Auskunft erteilte. Ich hatte bei Bedarf meine Tätigkeit erwähnt, von den Diensten gesprochen, nur, das war mein Eindruck, hatte sie das nicht sonderlich interessiert, sie neigte dazu, dann das Thema zu wechseln.

Natürlich war ich froh über den Sinneswandel, ihr Ablassen von dem Vorwurf des Zuspätseins und dem einsetzenden Interesse an meiner Tätigkeit. Von dieser Anteilnahme angeregt schilderte ich beflissen, was mir wichtig erschien für das Verständnis dessen, was ich tat. Ich achtete peinlich darauf, auch korrekt zu sein. Ich wollte keinen Anlass geben, meine Auskunft bemängeln zu können oder meine Worte in Zweifel zu ziehen. Sie hörte sich alles an, was ich vorzubringen wusste, ohne noch einmal eine Frage zu stellen.

Nachdem ich meinen Bericht beschlossen hatte, herrschte Stille. Obgleich es natürlich gewesen wäre, ganz unserer Gewohnheit entsprochen hätte, über den Tag und die Wetteraussichten zu sprechen, schien mir das unter den gegebenen Umständen nicht angebracht. Ich fühlte mich, weshalb auch immer, nicht in der Lage, das Thema auch nur anzuschneiden. Noch während ich sprach, bereitwillig Auskunft über meinen Beruf gab, hatte ich begonnen, mir Gedanken zu machen, ob es nicht an der Zeit sei, mich zu erheben. Denn war es nicht unhöflich, bequem im Gartenstuhl zu sitzen, während die alte Frau vor mir stand, vom Tisch nur drei Schritte entfernt, der doch ihr gehörte, an dem ich nur Gast war. Ich schämte mich, bei unseren Gesprächen mich derart verhalten zu haben, mich dahin flüchtend, dass sie sich ohnehin nicht an den Tisch setzen würde. Sie hatte ständig zu tun. Doch handelte es sich hier vor allem um ein Problem der Höflichkeit. Es war doch so, ich verweilte behaglich im Komfort eines Sitzmöbels, während sie, die Frau, die schon alt war, stehen musste. Wäre es nicht anständiger, eine Geste des Anstands gewesen, wenn ich aufgestanden wäre, wenn sie mit mir sprach, selbst wenn der Austausch über das Wetter nur ganz kurz war, ich lediglich für einen winzigen Moment meine bequeme Haltung aufgegeben hätte.

In der Stille, in der nichts weiter geschah, hatte ich Zeit zu überlegen, ob nicht doch ein Nutzen aus der Situation zu schlagen sei. Da sie, die Vermieterin, gerade zugegen war, konnte ich das Problem des nächsten Urlaubs ansprechen und mit ihr klären. Wieder wie in diesem Jahr und wie in den Jahren zuvor, meinte ich. Zwei Wochen im Juni umgeben von blühenden Stockrosen in dem Gartenhaus, das mir ans Herz gewachsen war. Ich glaube, sie trat einen Schritt zurück. Sie konnte dafür verschiedene Motive haben. Es konnte sein, dass sie in einem ersten Impuls gleich einen Termin für mich heraussuchen wollte. Doch schon im nächsten Moment war ihr etwas eingefallen. Ich erkannte, dass sie nun nicht mehr ins Haus eilen wollte. Sie habe ihren Kalender verlegt, sie müsse ihn erst suchen, erklärte sie mir. Und noch etwas gab es zu bedenken, die für mein Anliegen fehlende Zeit. Sie müsse in die Apotheke und ein dringend benötigtes Medikament holen gehen. Sie schloss mit dem Hinweis, von dem sie sich offenbar erhoffte, dass er mich aufmuntere: „Wir sehen uns ja noch."

 Am letzten Abend ging ich ans Meer. Die Sonne stand allein über einer vielfarbigen, spiegelglatten Fläche. Auf dem Strand liefen Leute zusammen, sie versammelten sich, um dem Sonnenuntergang beizuwohnen. Eine Besonderheit fiel mir gleich ins Auge, Segler in einer noch nie gesehenen Zahl ankerten unweit des Ufers. Sie verhielten sich ganz still, erst nach anhaltender Betrachtung, erkannte ich, dass sie auf dem glatten, reglosen Wasser ein wenig schaukelten.

Es war das letzte Mal, dass ich mit den beiden sprach. Sie standen in der Düne auf dem höchsten Punkt des Strandübergangs. „Sie reisen morgen ab." Freundlich, ich kann es wirklich nicht anders nennen, richtete die Frau das Wort an mich. Ich schilderte einige Details. Es sei mit erhöhtem Reiseverkehr zu rechnen, Staus an den Baustellen, von denen ich wusste, seien wahrscheinlich.

„Sie sind mit dem Auto hier." Es war nur eine Feststellung, die sie machte, doch begleitete ein großes Staunen ihre Worte und in den Augen nahm ich Unglauben wahr. Ich blickte gerne in diese Augen, es waren die brauen Augen eines Rehs in einem schönen Gesicht, auch wenn die Jugend eine Weile zurück lag und das Alter Merkmale zu setzen begann. Aber immer noch sehr jugendlich das glatte Haar, das einige Fingerbreit unterhalb des Ohrs an einer geraden Kante endete, wie bei einem Mädchen, das nicht mehr Kind ist, in sich bereits die Erwachsene sieht. Beide gingen nicht darauf ein, was ich ihnen beschrieben hatte, die Probleme, mit denen ich auf meiner Rückreise wahrscheinlich zu kämpfen hatte. Sie sagten nicht ein Wort dazu. Sie war wirklich nett, sie gab mir einen guten Wunsch mit auf den Weg: „Alles Gute." So allgemein, konnte er sich auf alles beziehen, ohne für Bestimmtes stehen zu müssen. Er, er trug wieder das schöne Hemd mit dem schmalen Kragen und den Stäbchenknöpfen, er war unruhig, sein Blick ging umher, als suche er etwas, als halte er Ausschau. Ich erinnere mich nicht, dass er bei unserem Abschied ein Wort gesagt hätte.

Er sprach nicht einmal von dem Zug, mit dem sie gekommen waren, wie ich anzunehmen genötigt war, er merkte auch nichts dazu an, dass ich noch immer Auto fuhr, er sagte auch nicht, was gerade alle sagten: „Bleiben Sie gesund". Ich glaube, er hat beim Abschied auch den Kopf nicht bewegt, genickt, ein flüchtiges Nicken, so eines, zu dem man sich durchringt oder überwindet, um einen Anschein zu wahren, ein Zeichen des Wohlwollens oder des Anstands zu setzen, obwohl man in Gedanken woanders ist, weil noch viel zu erledigen ist. Er sah nur umher. Wie ich erkannte, strengte er sich dabei an, so sehr, dass er mich, der ich einen Meter vor ihm stand, nicht wahrnahm, es auch nicht vermocht hätte, selbst dann nicht, wenn er es gewollt hätte.

Sie war, wie mir schien, ein wenig aufgewühlt gewesen. In dieser Lebhaftigkeit, sie hatte sich bei den Begegnungen zwischen den Gartenhäusern eher still verhalten, hatte sie noch kein Gespräch mit mir geführt. Es war, als kämpfe sie gegen eine Erregung an, während sie mit mir allgemein über den Urlaub auf der Insel sprach. Nur wusste ich nicht, über die Ursache ihrer Erregung mir Klarheit zu verschaffen. Sie hatte mir alles Gute gewünscht, und gleich darauf, im nächsten Moment ihren Wunsch wiederholt, wortgetreu, exakt die gleichen Worte gewählt, nur ließ die Lebhaftigkeit nicht nach beim zweiten Wünschen, wie es aus meiner Perspektive nur verständlich gewesen wäre, ihre Lebhaftigkeit steigerte sich, als strebe sie einen Höhepunkt an.

Ich ließ sie, das Paar hinter mir zurück. Nur sah ich mich nach einer Weile noch einmal um. Vielleicht waren sie gleich nach den guten Wünschen der Frau gegangen, weil sie den Abend mit den Freunden noch vorbereiten mussten, vielleicht waren sie auch noch einen Moment im Strandzugang stehen geblieben und hatten einen Blick auf die Menschen geworfen, die sich auf dem Strand versammelten. Ich gebe es zu, als ich sie nicht mehr sah, fühlte ich mich erleichtert. Die Gedanken, die ich mir über ihre Lebhaftigkeit machte, waren mir schon nicht mehr wichtig, und beim Anblick des Meeres vergaß ich sie ganz. Ich ging, auch das gebe ich zu, unbeschwert hinab auf den Strand. Beinahe wollte ich es nicht glauben, wie viele Menschen es dorthin gezogen hatte. Kann es sein, dass ein Ereignis bevorsteht, fragte ich mich, ein heiterer Abend am Meer.

Wenn sich so viele Menschen etwas wünschen, dann scheint es offenbar auch in Erfüllung zu gehen. Denn tatsächlich erlebte ich einen Sonnenuntergang, den ich nicht vergesse. Bis heute habe ich ihn vor Augen, erinnere ich mich, sogar an Einzelheiten. Ich erinnere mich an ein Gefühl, das ich eigentlich schon gar nicht mehr kannte, eine Fröhlichkeit, die ich nirgends fand. Verzaubert, natürlich ist das wieder so ein Wort, sahen die Menschen hinaus, verfolgten sie gebannt, wie der einsame, glühend rote Kreis sich dem Meer, der schillernden Oberfläche näherte. Es war zum Atem Anhalten. Und alle lebten auf, als in der Stille ihrer Andacht, in der sie sich verloren, sich ein Klang erhob, der einsame Klang einer Trompete. Gleichsam von einer Erlösung heimgesucht, setzte eine Bewegung ein, eine alle erfassende Bewegung, die aber ausschließlich den Kopf betraf, den alle auf einmal drehten. Auch ich entdeckte den alten Mann, nicht ansehnlich, eher schäbig, der mit ausgestreckten Beinen auf einem umgestürzten Boot saß und eine kleine Trompete am Mund hielt. Der Klang war hoch und klar, klar wie Kristall, es ist schwer, mein Gefühl zu beschreiben, dieser helle Klang stieg auf und wehte über die Menschen am Strand, und die Melodie war eine, was unbegreiflich schien, die sich alle gewünscht hatten, ohne es zu wissen, und das, obgleich alle, sie schon einmal gehört hatten.

„Wenn bei Capri … die rote Sonne …“ Ich erkannte die Melodie sofort, auch wenn ich nichts mehr wusste vom Text des Liedes. Doch auf dem Strand begannen die Menschen zu singen, sie sangen „… die rote Sonne im Meer versinkt …“ Unbeschwert und übermütig, wohl weil so viele einstimmten, sangen sie „… ziehen die Fischer mit ihren Booten aufs Meer hinaus und sie legen im weiten Bogen die Netze aus … von Boot zu Boot das alte Lied erklingt …“ Der alte Mann, der einmal ein Fischer gewesen sein mochte, blies tapfer seine Trompete, auch wenn Töne verloren gingen, der Gesang der Menschen brach nicht ab „ … bella Marie bleib mir treu, ich komm zurück morgen früh, … bella Marie vergiss mich nie …“

Als alle schon gegangen waren, der rote Kreis im Meer versunken und die Oberfläche des Wassers dunkel geworden war, stand ich noch immer auf dem Strand und sang „Bella, bella, bella Marie vergiss mich nie …“ Ich sang nicht mehr laut, wie ich es mit den anderen getan hatte, ich sang jetzt nur für mich „… bella Marie vergiss mich nie …“

Ich sah hinaus aufs Meer, dorthin, wo die Sonne untergegangen war, und erst jetzt fiel mir auf, die sich sanft auf glatter Oberfläche wiegenden Boote, deren schneeweiße Segel eingeholt waren, standen in einer Linie, sie bildeten eine Kette, die sich vor das offene Meer legte.

Die Tür war verschlossen. Ich musterte die Oberfläche, die, auch wenn sie nicht eben, nicht einheitlich war, durchgängig braun war. Es nicht so war, dass jede Stelle in gleicher Weise schimmerte. Es gab Bereiche, größere, zentrale sogar, die eingelassen waren, ein Schreiner, vermute ich mal, würde fachkundig von Kassetten sprechen. Daraus ergab sich ein abwechslungsreiches Bild, das Licht brach sich an den Einfassungen, an den Kanten einer Vertiefung, so dass Effekte entstanden, nicht die reinen Brauntöne erschienen, an den Kanten ein Licht leuchtete, ein reiner, sauberer Schein. Dabei verfügte die Tür nur über die eine Farbe. Es war eine Überraschung zu sehen, von was für einem schokoladigen Braun die ganze Tür war, tief und satt, eventuell ließe sich von einem gesättigten Braun reden. Egal, es war eine Art von Braun, das ich noch nicht gesehen hatte, einfach, weil die Tür ja immer offen gewesen war, und ich dem Rahmen, der ja auch den Farbton zeigte, keine Aufmerksamkeit geschenkt hatte. Ich hatte nur die Öffnung gesehen, die ins Haus führte, aus der von Zeit zu Zeit die Vermieterin heraustrat, mit einem Schrubber in der Hand, einer Einkaufstasche, meist in einer Kittelschürze, gelegentlich im leichten Sommerkleid, wenn sie aufbrach zu einer Besorgung, Medikamente aus der Apotheke holen ging.

Ich stellte die Frage, nur für mich, da ich vor verschlossener Tür stand, ob es auch eine weiche, eine sich einschleichende Diktatur gibt, eine der schönen Worte? Ich war unsicher. Ich wusste nicht, ob es erlaubt war, diese Frage aufzuwerfen. Meine Nachbarn wussten sicher von einem Begriff, der dies untersagte.

Nur mir stellte sich die Frage, da ich vor verschlossener Tür stand und eine Ahnung mir bedeutete, dass sich vor meiner Abreise an diesem Zustand nichts mehr ändern würde. Ein weicher Zustand, der ohne Lager auskommt, den ganzen Aufwand an Stacheldraht und Wachtürmen, die schließlich bei Wind und Wetter mit Personal besetzt werden müssen, der sanft ist und freundlich, und es versteht, fast ohne Gewalt Menschen zu lenken, zu leiten, es schon ausreicht, ihnen zu sagen, ihr wisst doch, was passiert, wenn ihr nicht gehorcht. Dessen Personal kein Drillich trägt, der Schlagstock ein untergeordnetes Argument ist, der Detektive einsetzt in Schuhen mit gesundem Fußbett und bunter Freizeitkleidung, die niemandem etwas tun, nur die persönlichen Daten aufnehmen.

Wie einfach es doch ist, das Leben zu schließen? Sportplätze, Bäder, Tierparks, Kaufhäuser, Kinos, Theater, Museen, die komplette Kultur, die gesamte Bildung, Bibliotheken, Schulen, Kitas, Unis, Verzicht und Selbstaufgabe die Ideale sind und vom Leben das Sitzen vor dem Fernseher bleibt, das Verlesen von Zahlen. Ein Furcht einflößendes Wort reicht schon aus.

Nur vieles war noch nicht ausgereift. Ein Experte, der sich als ein führender verstand, wollte lieber nicht von Gesundheitspolizei sprechen, lieber den Namen Gesundheitsdetektiv jenen verleihen, die in die Haushalte gehen und die Leute zählen, die am Tisch sitzen, Braten verzehren und dazu alkoholische Getränke konsumieren, die vorgeben, ein Fest zu feiern, ein Fest, das bekanntlich verdächtig ist. Es lag, noch viel zu wenig beachtet, eine Studie vor, die bewies, dass der Verbrauch von Nahrungsgütern in die Höhe schnellte, er um ein Vielfaches den Wert einer angebrachten, wissenschaftlich ermittelten Menge an Kalorien übertraf. Kritik hagelte es im Netz, Stimmen, die das Fest vollständig abgeschafft sehen wollten, da es homophob sei. Experten hatten sich

Gedanken gemacht über das Singen wegen der Verbreitung von Aerosolen. Singen in bisheriger Lautstärke hielten sie für eine Unmöglichkeit, schlossen es kategorisch aus. Brummen sei möglich, wenn es angemessenen bleibe. Und um ein Zeichen für Toleranz zu setzen, brachten sie die Möglichkeit ins Spiel, ein einzelnes Wort aus dem Gebrumm herauszuheben und es zu artikulieren, nicht übertrieben, es verantwortungsvoll zu murmeln.

Wenn ich daran dachte, wie schlimm die Lage war, empfand ich tiefe Beschämung, den Namen des Festes noch zu kennen, kennen zu müssen. Alles, worin ich meinen Beitrag begreifen konnte, bestand doch darin, für mich ganz individuell zu beschließen, den Namen nicht mehr über die Lippen zu bringen. Ob das schon ausreichte, wusste ich nicht. Ich hielt einen weiteren Schritt für notwendig. Ich untersagte mir, ihn, den schlechten Namen, auch im Stillen, beim Nachsinnen nicht mehr zu gebrauchen. Bedauerlicher Weise, weil Nachlässigkeit überall im Spiel war, da der Name noch nicht vollständig getilgt, in Schriftstücken noch vorkam, in Winkeln des Wortschatzes noch kauerte, war Wachsamkeit nötig, dass er nicht doch in einem unbeobachteten Moment auf die Lippen schlüpfe und sie unter Umständen gar passiere.

Es war für das Überleben ohne Alternative, dass die Leute, die an einem Tisch saßen, gezählt wurden, festgestellt wurde, ob sich diese Leute, die dort saßen, auch an die Zahl hielten, die, es war nicht die Zeit, das zu erläutern, wahrscheinlich Wissenschaftler, bestimmt aber Experten aufgrund einer Modellierung ermittelt hatten, und die im Chor von den Führenden bekannt gegeben wurde.

Das Studium der Vergangenheit war zur Bewältigung der noch nie gesehenen Probleme unerlässlich. Die Experten legten größten Wert auf die Feststellung, und darin begriffen sie ihr Markenzeichen, das Gütesiegel ihrer Tätigkeit, dass sie sich mit der Geschichte intensiv auseinandersetzten, aus der sie unentwegt Lehren zogen. Dies war ein ständiger Prozess, der niemals abgeschlossen werden konnte, da es galt, aus der Geschichte immer bessere Lehren zu ziehen. Ein Prozess, in dem das neue Wort zu erschaffen war. Angst und Schrecken waren zu mehren, auf dass auch jeder die ermittelte Zahl einhielt in der herrschenden Hoffnung, den Untergang der Welt in letzter Sekunde abwenden zu können.

„Wir sehen uns ja noch." An diesen Satz erinnerte ich mich vor verschlossener Tür. Ich hatte mich auf diesen Satz verlassen. War davon ausgegangen, dass ich noch vor meiner Abreise meinen Urlaub für das nächste Jahr buchen könnte, sie mich eintrüge in ihren Kalender, in dem unterzukommen zunehmend schwieriger wurde, die Nachfrage nach Gartenhäusern stieg von Jahr zu Jahr. Wie oft hatte sie beklagt, sie könne bei weitem nicht mehr alle Anfragen berücksichtigen. Sie wusste von keiner Erklärung dafür, wie sie mir versicherte. Es gab sie nicht. Ich pflichtete ihr bei, denn auch ich konnte sie nicht finden, als ich vor der Tür stand, die, wie ich meinte, verschlossen war, wofür ich allerdings keinen Beweis hatte.